マドンナメイト+

夜行性少女

睦月影郎

JN067643

夜行性少女

第一章　昼と夜の顔

1

（すっかり暗くなったな……）

圭一郎《けいいちろう》は、タクシーを降りて山道を登りながら空を見上げた。間もなく六時だ。今日は仕事を終えて一段落し、東京のマンションを出て逗子まで南下、駅からタクシーに乗り、指定された葉山のバス停二つの間の山道を歩きはじめたところである。

逗子は彼の故郷であり、実に懐かしい空気に触れたが、葉山のこんな山中に来るのは初めてのことだった。

逗子駅からメールをし、着く時間は伝えてあるので、由香利《ゆかり》は夕食の仕度をして待っていてくれることだろう。

杉田《すぎた》圭一郎は、四十歳で独身のイラストレーターである。

高校時代まで逗子の高校で美術部に所属し、美大に入ってからはずっと一人暮らしだった。

両親とは社宅暮らしだったので、転勤に合わせて地方へ行ってしまい、圭一郎の実家というものはない。両親からは、一人っ子のため早く嫁をもらえという連絡がたまに来るだけだった。

美大を出てからは運良く雑誌のカットなどの仕事が入るようになり、今は小説の挿絵や文庫本の表紙などを描いて、一人なら何とか食っていかれた。

由香利は、高校美術部の同級生で、早生まれなのでまだ三十九歳。

高校時代から憧れの子で、彼は在学中、何度となく妄想オナニーでお世話になり、卒業式には告白もしたが叶わなかった。

由香利は美大には進まず短大に入り、卒業と同時に准教授だった二回りも上の学者と結婚し、一児をもうけている。

ずっと疎遠だったが、その由香利からメールが来たのが先日のことだった。

圭一郎も自分のホームページを持ち、仕事の依頼先などのデータも載せていたから、由香利はそれを見て連絡してくれたのである。

「活躍しているようね。私は杉田君の絵が好きだったから、間もなく十八歳になる娘の絵を描いて欲しいの。よければ葉山に家を建てたので、描きに来てくれないかしら。完成まで滞在して構わないので」

それを読み、圭一郎は激しくときめいた。

何しろ高校時代の憧れの君に、二十年以上ぶりに再会できるのである。

彼は何度か風俗へ行ったきりで、生身の恋人を持った経験はない。

シャイで小太りで、まず女性にモテるタイプでないことは自分が一番よく分かっている。

もっぱら写真集やAV、コレクションした美女や美少女の画像で抜いてばかりのオナニストだった。運動は苦手だが性欲だけは旺盛で、四十歳になった今も、日に二回三回と射精しないと落ち着かないほどである。

しかも秋の個展が終わったばかりだし、大きな仕事も今日こなしたばかりで、何日か葉山に滞在するのも悪くないと思い、それで彼は由香利の依頼を承諾したのだった。

由香利の実家も逗子市内にあったが、やはり親は地方へ引っ越し、葉山の家は彼女の夫が建てたものらしい。由香利の夫、宗方《むなかた》ジョージはヨーロッパとのハーフで、六十五歳になる脳科学者。

圭一郎は、美大を出てからずっとイラストはアクリル絵の具で描いていたが、今はタブレットを使ってデータ送信しているから絵筆は必要なかった。

それに宗方家にもタブレットは用意されているので、手ぶらで構わないと言われていたのである。

山道は車一台がやっと通れる幅で、メールで案内された通り一本道で迷うこともなく、十分も歩くと丘の上に出て白亜の建物が見えてきた。

（すごい……）

圭一郎は、その豪邸を見て目を見張った。

「宗方」という表札があり、二階建てだが全体が大造りで、周囲は鉄柵に囲まれ、庭には二台の乗用車が駐まり、窓からは灯りが洩れている。

回りは葉山の深い森ばかりで、ここだけ異世界のようだった。

と、建物の向こうに大きな月が昇りはじめた。左端が僅かに欠けた十三夜。

すると建物の窓から黒い影が飛び出し、ムササビのように月を横切った。

（え……？）

驚いて目を凝らすと、影は木から木へ飛び移り、鉄柵の外の木まで来るなり、ザザーッと滑り降りてきた。

そして途中から影が宙に舞い、一回転して彼の前に降り立ったのだ。

見ると、黒いジャージ上下を着た髪の長い美少女ではないか。

これが由香利の娘なのだとすると、女忍者なのだろうか。

夜目にも色白で何とも見目麗しく、彼女は息も切らさず、つぶらな目をじっと圭一郎に向けている。

「き、君は……？」

「娘の瑠奈《るな》です。いらっしゃい」

訊くと、彼女は可憐な声で答え、門扉《もんぴ》を開けてくれた。

一緒に中に入ると、瑠奈は内側から門を閉め、再び庭の木立によじ登るなり、また木から木へ飛び移り、月を横切って二階のベランダに降り立つと、窓から中に入っていった。

何やら、二階が瑠奈の出入り口にでもなっているようだ。

呆然としていると玄関が開き、

「杉田君ね、いらっしゃい」

由香利が出てきて言った。

「あ、ああ、お久しぶり、いま瑠奈ちゃんが門を開けてくれたんだ」

二階を見上げて言い、やがて彼は玄関から中に入った。

「そう、日が暮れると外で暴れ回るのが好きだから。さあどうぞ」

由香利が言い、彼も上がり込みながら、あらためて彼女を見た。

髪をアップにし、清楚なブラウスにエプロン姿である。

高校卒業以来、二十何年ぶりに会っても、相変わらず彼女は美しく当時の面影を残していたが、さすがに熟れた色気が滲み出て、しかも高校時代では考えられないほどの巨乳になっているではないか。

入ると広い玄関フロア、二階への階段があり、踊り場の窓にはステンドグラスが嵌め込まれていた。

「まずは二階に。お部屋に案内してから、あらためて瑠奈に紹介するので」

由香利が言い、階段を上がっていくので彼も従った。

後ろから見ると、尻も実に豊満に揺れている。裾から覗く脹《ふく》ら脛《はぎ》も白く量感があり、服の内側の熟れた躍動が伝わってくるようだった。

圭一郎は、再会した憧れの君のほのかに甘い匂いを感じながら二階に行った。上がると、廊下の左右にドアが並んでいる。

彼が案内されたのは一番手前の部屋で、窓の外は木々、中にはベッドと机、ノートパソコンにタブレットに大きなプリンターも用意されていた。

圭一郎は、着替えや洗面道具を入れたショルダーバッグを置き、すぐ部屋を出た。向かいがトイレで、廊下の奥は夫ジョージの書斎らしい。

さらに彼の部屋の隣が瑠奈の部屋で、由香利はノックしてドアを開け、彼を招いた。

いつの間に着替えたのか、瑠奈はドレスを着て髪も結い、黒髪だが何やらルノワールの描く少女を思わせた。

間もなく十八歳のクオーターで、肌は透けるように白かった。

室内は本棚や机の他に、アンティークなベッドや椅子があり、背景が絵になりそうだった。

「まだ十七なら、高校三年生？」

「瑠奈は太陽の光に当たれないので、家で勉強しているのよ」

圭一郎が言うと、由香利が答えた。

あとで調べると、色素性乾皮症という難病があるようだが、瑠奈はそれとは違うらしく、もっと精神的な独自の症状ということだった。

それで夜になると元気になり、忍者のように外を飛び回るようだ。

学校は行っていないので大検を取り、夜間大学を目指しているらしい。

「じゃ明日から描くので、よろしくね」

「はい、よろしくお願いします」

瑠奈も立ち上がって頭を下げ、やがて彼は由香利とともに、ほんのり思春期の匂いの籠もる部屋を出た。

その隣のドアをノックすると応答があり、中に入ると一人のメガネ美女が机に向かっていた。

「こちらは瑠奈の家庭教師で、浅井今日香《あさいきょうか》先生」

由香利が言うと、セミロングの今日香が立ち上がって会釈した。図書委員といった感じの清楚な美女で、二十三歳の大学院生ということだが、定期的に泊まり込んで瑠奈の勉強を見ているようだった。

「杉田圭一郎です、よろしく」

彼も挨拶をし、また由香利に案内されて階下へ戻った。

一階はリビングにキッチン、バストイレに由香利の部屋があった。

さらに奥の部屋に案内されると、ベッドに横たわる男がいて、傍らには白衣でボブカットのナースがいた。

「夫のジョージです。彼女は住み込みの准教授で松野杏樹《まつのあんじゅ》さん」

由香利が言い、圭一郎は三十ちょっと前の美人准教授より、多くの機器に囲まれて昏睡しているジョージの異様さに目を見張ったのだった。

2

「夫は半年前から昏睡して、松野博士が脳のデータを記録しているんです」

由香利が言う。杏樹は脳科学者だったジョージの弟子筋なのだろう。

見れば、病に倒れたらしいジョージはハーフの端整な顔立ちだが、スキンヘッドに多くの電極が繋がれ、鼻には栄養チューブ、腕には点滴をして、コンピュータのモニターを含めた機器には、脳波や心電図など夥《おびただ》しいグラフやランプが明滅していた。

隅には、杏樹の仮眠用のベッドも備えられている。

やがて頭を下げ、彼は由香利と部屋を出た。

キッチンのテーブルに招かれて座ると、由香利がビールを開けてくれた。

「あ、僕はあまりアルコールは」

「ええ、私も飲むので、二人で一本なら良いでしょう」

彼女は言い、グラスに注いでからサラダやオードブルを出してくれた。

まずは再会を祝して乾杯すると、すぐ由香利はステーキを焼いてくれ、彼も料理をつまみながら喉を潤し、この妖しい豪邸を思った。

美熟女に、昼間は外に出られない美少女、昏睡した夫に、付き添いの美人博士に家庭教師。

ここで絵の完成まで一緒に暮らせるのだ。

いかに集中して取り組んでも、仕上がるには、まず最低でも三日四日はかかることだろう。

「高校の同窓会とかは？」

「一度も出ていないわ。短大時代から、あちこち住所が変わったから連絡も来ないの」

食べながら訊くと、由香利も向かいで一緒に食事しながら答えた。

圭一郎も同じで、由香利以外で会いたい同窓生もいなかったのだ。

それにしても憧れの彼女と一緒に食事できる日が来るなど夢にも思わず、彼は緊張でステーキが喉に詰まりそうになった。

瑠奈や今日香、杏樹たちは気ままなときに食事や入浴をするらしい。

建物は築一年というので、ジョージは僅か半年しかここでの生活を楽しめなかったようだ。

やがて、食事を終えると風呂をすすめられたので、彼は二階から着替えや洗面用具を持って降り、脱衣所で服を脱いだ。

洗濯機を覗いてみたが空で、残念ながら美女たちの下着などは入っていなかった。洗面所に歯ブラシが並んでいて、きっとジョージの分はないだろうからと、片っ端から嗅いだり舐めたりしてしまったが、やはり淡いハッカ臭しか感じられなかった。

とにかく全裸になって広いバスルームに入り、身体を流して歯を磨き、放尿までするると湯に浸かって上がった。身体を拭き、新たな下着と持ってきたジャージに着替え、脱いだものを持って二階に上がった。

あとは寝るだけだが、美女たちの住む館にいるので、圭一郎は激しいオナニー衝動に駆られてしまった。

隣室には美少女の瑠奈がいて、奥には今日香がいるのだ。

寝しなにスマホを確認してみたが、特に仕事依頼のメールなどはなく、ＳＮＳを少し見ただけでスイッチを切った。

圭一郎が入浴している間に、いつの間にか女性たちも食事と入浴を終えたのか、二階はしんと静まりかえっていた。

まだ九時半だから、彼が普段寝る時間にはだいぶ早い。

この時間なら階下へ行っても失礼ではないだろうから、彼は何か冷たいソフトドリンクでももらおうと、そっと部屋を出て階段を下りていった。

するとすでに階下は暗く、リビングの横にある由香利の部屋からだけ灯りが洩れていた。

キッチンに向かう前に声を掛けようと、開け放たれたドアから覗いてみると、何と一糸まとわぬ姿になった由香利がベッドに仰向けになり、大股開きになっているではないか。

（え……？）

圭一郎は度肝を抜かれ、思わず見入ってしまった。

「見て、奥まで……」

由香利は息を弾ませて言い、自ら割れ目を広げていた。その股間に向かい、三脚に立てられたＤＶＤカメラがじっとレンズを向けている。

どうやら彼女は、オナニーシーンを録画しているようなのだ。

彼女の喘ぎと熟れ肌の悶えに思わず息を呑むと、

「杉田君ね、入って……」

いきなり彼女が動きを停め、静かに言ってきたのだ。

圭一郎は、激しく胸を高鳴らせ、恐る恐る由香利の部屋に入っていった。

「戸を閉めて」

言われて内側から戸を閉めると、中にはベッドと化粧台、クローゼットなどがあり、室内に生ぬるく甘ったるい匂いが立ち籠めていた。

まさか、彼が来ると思って、わざと戸を開けてオナニーしていたのだろうか。

すると由香利は全裸のまま身を起こし、いったんＤＶＤカメラのスイッチを切った。

「ど、どうして録画を……？」

「その前に、あなたも脱いで。私だけ裸では恥ずかしいので」

彼女は、興奮に目をキラキラさせて言った。

もちろんオナニーしようとしていたぐらいだから、圭一郎もピンピンに勃起しながら手早くジャージ上下と下着を脱ぎ去り、全裸になって彼女の隣に腰を下ろした。

「夫は、脳だけで快感を得る研究に没頭していたの」

由香利が両手で巨乳を押さえながら言う。

「脳だけで……」

「そう、勃起も射精も、肉体がなくても感じる研究。私の恥ずかしい画像をDVDに焼いてから、松野博士が電子記号に置き換えてジョージの脳にインプットして、快感が得られるかというデータを出して、それなりの効果が認められているのよ」

「そ、それはすごい……」

寝たきりの老人も、脳だけで快楽が得られるなら大変な研究だろう。

「もちろん松野博士の全裸も録画してもらったけど、今のところジョージは私の肉体でないと反応しないみたい」

あんな美人博士で反応しないとは、ジョージはよほど由香利のみを愛していたのだろう。

「病に伏せって体の自由が利かなくなるとジョージは、他の男が私を抱くところがみたいと繰り返し言っていたの」

「そ、それで僕を？　どうして選んでくれたの……」

「もちろん瑠奈の絵も描いて欲しかったけど、ネットで調べて彼女のいない独身、しかもあなたは卒業のとき私を好きだと言ってくれたから、もしかして二十何年経っても同じ気持ちでいてくれるかも知れないと思って」

「気持ちは変わってないよ、今でもすごく好きだし……」

圭一郎は、全裸の彼女を見ながら心を込めて言った。

「ありがとう。それなら私を好きにして」

由香利は答えると、三脚ごとカメラを移動させ、ベッドが横から見える位置に置いて録画スイッチを入れた。

そして彼女はベッドに仰向けになり、豊満な熟れ肌を投げ出した。

圭一郎も興奮に息を弾ませ、ベッドに上がって彼女にのしかかっていった。

録画されていても、見るのは昏睡している彼女の夫である。

もしかして興奮や嫉妬の刺激が強すぎると、急死してしまう恐れもないではないが、何しろジョージが望んでいたことらしいのだ。

彼は胸を高鳴らせながら屈み込み、チュッと由香利の乳首に吸い付き、顔中を押し付けて巨乳を味わいながら舌で転がした。

「アアッ……！」

すぐにも由香利が熱く喘ぎ、クネクネと身悶えはじめた。

その激しい反応に、次第に彼の緊張や気後れが吹き飛び、興奮する行為に専念することが出来た。

あるいは彼女も、ジョージが寝たきりになってから他の男とは接していないのだろう。

胸元がほんのり汗ばみ、腋からも生ぬるく甘ったるい匂いが漂っているので、どうやら由香利はまだ入浴前らしい。無臭の風俗嬢しか知らない彼にとって、ナマの匂いは何よりの興奮剤であった。

圭一郎は左右の乳首を交互に含んで舐め回し、柔らかく張りのある膨らみを心ゆくまで味わった。そして由香利の腕を差し上げ、腋の下にも鼻を埋め込んでいった。

何と、そこには色っぽい腋毛が煙り、生ぬるく湿って濃厚に甘ったるい汗の匂いが悩ましく籠もっていた。腋毛はジョージの趣味だったのか、あるいはケアする余裕もなかったのだろうか。

彼は鼻を擦りつけ、腋毛に沁み付いた体臭でうっとりと胸を満たし、やがて白く滑らかな熟れ肌を舐め下りていった。

3

「アア……、い、いい気持ち……」

肌をたどると、由香利が激しく身悶えて喘いだ。

圭一郎は、高校時代の夢が叶って感無量であり、当時の自分に、生きていれば良いことがあるからと言って聞かせてやりたかった。

形良い臍を探り、ピンと張り詰めた下腹に顔を埋めると心地よい弾力が返ってきた。

しかし彼は股間を避け、豊満な腰のラインから脚を舐め下りていった。やはり肝心な部分は最後に取っておきたかったのだ。

風俗と違って時間はあるし、割れ目を嗅いだり舐めたりしてしまうと、すぐ入れたくなり、あっという間に終わってしまうだろう。せっかく、憧れの君が身を投げ出して好きにして良いと言ってくれたのだから、全身隅々まで味わい、神秘の部分は最後にしたかった。

脚を舐め下りると、脛にもまばらな体毛があり野趣溢れる魅力に映った。やはりジムやエステには行かず、自然のままにしているようだ。彼は憧れのマドンナの、人間らしい部分に触れて興奮が増した。

足首まで下りて足裏に回り込み、踵から土踏まずに舌を這わせ、形良く揃った指の間に鼻を押し付けると、蒸れた匂いが鼻腔を刺激してきた。

匂いを貪り、爪先にしゃぶり付いて指の股に舌を割り込ませると、

「あう、ダメ、汚いのに……」

由香利がビクリと震えて呻《うめ》き、唾液に濡れた指先で彼の舌を挟み付けた。

圭一郎は、全ての指の間に沁み付いた、汗と脂の湿り気を味わい、両足とも味と匂いを堪能し尽くしてしまった。

彼女はすっかり朦朧となり、ただ熱い息遣いを繰り返すばかりだ。

「うつ伏せになって」

顔を上げて言うと、由香利も素直にゴロリと寝返りを打ってくれた。

圭一郎は彼女の踵からアキレス腱、脹ら脛から汗ばんだヒカガミを舐め上げ、張りのある内腿から豊かな尻の丸みをたどっていった。

もちろん尻の谷間は後回しで、彼は腰から滑らかな背中を舐め上げていくと、淡い汗の味が感じられた。

肩まで行って髪に鼻を埋め、甘い匂いを嗅いでから耳の裏側の蒸れた湿り気も嗅ぎ、舌を這わせてから、再び背中を舐め下りていった。

脇腹にも寄り道してから、うつ伏せのまま股を開かせ、真ん中に腹這いになって尻に戻ってきた。

指で双丘を広げると、谷間には薄桃色の可憐な蕾がひっそり閉じられていた。

単なる排泄器官の末端なのに、それは実に美しかった。

息づくような収縮をする蕾に鼻を埋めると、顔中に豊満な双丘が密着して弾んだ。蕾には蒸れた汗の匂いが沁み付き、舌を這わせて襞を濡らすと、彼はヌルッと潜り込ませていった。

「あう……！」

由香利が驚いて呻き、キュッと肛門で舌先を締め付けてきた。

彼は滑らかな粘膜に舌を蠢かせ、うっすらと甘苦い微妙な味わいを探った。

充分に味わってから、ようやく顔を上げ、言うと彼女も再び寝返りを打ってくれた。片方の脚をくぐって、仰向けになった由香利の股間に顔を寄せ、ムッチリと量感ある内腿を舌でたどり、中心部に迫っていった。

「仰向けになって」

とうとう憧れの君の、神秘の部分まで辿り着いたのだ。

圭一郎は、興奮に胸を弾ませながら目を凝らした。

見ると、ふっくらした丘には黒々と艶のある恥毛が程よい範囲に茂り、肉づきが良く丸みを帯びた割れ目からはピンクの花びらが、縦長のハート型にはみ出していた。

オナニーの名残か、割れ目全体はヌラヌラと大量の愛液に潤っている。

息を震わせながら、そっと指を当てて陰唇を左右に広げると、微かにクチュッと湿った音がして中身が丸見えになった。柔肉全体も綺麗なピンク色で、かつて瑠奈が生まれ出てきた膣口が、美しい花弁のように襞を入り組ませて妖しく息づいていた。

ポツンとした小さな尿道口もはっきり確認でき、包皮の下からは小指の先ほどのクリトリスが、真珠色の光沢を放ってツンと突き立っていた。

（なんて綺麗な……）

圭一郎は、憧れの由香利の割れ目にうっとりと見惚れた。

風俗嬢は、ここまでじっくり見せてくれなかったし、多くのネット画像も、こんなに美しくはなかった。

それに、やはり生身に接するというのは大きな悦びであった。しかも相手は、長年憧れていた同級生なのである。

「アア、そんなに見ないで……」

彼の熱い視線と息を感じたか、由香利が膣口を収縮させて喘いだ。

圭一郎も、もう我慢出来ず吸い寄せられるように顔を埋め込んでいった。

柔らかな茂みに鼻を擦りつけて嗅ぐと、隅々に籠もって蒸れた汗とオシッコの匂いが悩ましく鼻腔を刺激し、胸に沁み込んできた。

「なんていい匂い……」

嗅ぎながら思わず言うと、

「あう、嘘……」

由香利がビクリと反応し、まだ入浴前だったことを思い出したように呻いた。

圭一郎は匂いで胸を満たしながら、舌を這わせていった。

陰唇の内側を探ると、大量のヌメリは淡い酸味を含んで生ぬるく舌の動きを滑らかにさせた。

膣口の襞をクチュクチュ探り、柔肉を味わいながらゆっくりクリトリスまで舐め上げていくと、

「アアッ……！」

由香利がビクッと顔を仰け反らせて熱く喘ぎ、白い下腹をヒクヒク波打たせ、量感ある内腿でキュッときつく彼の両頬を挟み付けてきた。

自分のような素人童貞の愛撫で、子持ち人妻の美熟女が感じてくれるのが実に嬉しかった。

チロチロと舌先で小刻みにクリトリスを愛撫しては、彼は新たに漏れてくる大量の愛液を掬い取った。

さらに指を膣口に潜り込ませ、熱く濡れた内壁を擦りながら天井のGスポットを探り、なおもクリトリスを吸っていると、

「も、もうダメ……、今度は私が……」

由香利が嫌々をし、息も絶えだえになって腰をよじった。どうやら、すっかり

高まって絶頂を迫らせているようだった。

ようやく圭一郎も顔を上げ、股間を這い出して彼女に添い寝していった。

すると由香利は、息を弾ませながら入れ替わりに身を起こし、仰向けにさせた彼の股を開かせ、真ん中に腹這いになってきたのである。

「ああ……」

彼は期待と緊張に息を震わせた。

彼女の熱い息が股間に籠もり、ピンピンに突き立った肉棒が震えた。

しかし由香利は、まず彼の両脚を浮かせ、自分がされたように尻の谷間に舌を這わせてくれたのである。

「い、いいよ、そんなこと……」

申し訳ないような快感に呻いたが、彼女はチロチロと肛門を舐め回し、ヌルッと潜り込ませてくれた。

「あう……!」

圭一郎は妖しい快感に呻き、由香利の舌先を味わうようにモグモグと肛門で締め付けた。

彼女は厭わず、熱い鼻息で陰嚢《いんのう》をくすぐりながら中で舌を蠢かせると、まるで内側から刺激されるように勃起したペニスがヒクヒクと上下した。

もちろん風俗嬢にも、こんな強烈な愛撫をされたことはない。

ようやく脚が下ろされると、彼女は舌を引き離し、すぐ鼻先にある陰嚢にしゃぶり付いてきた。

二つの睾丸が舌に転がされ、袋全体が生温かな唾液にまみれた。

ここも実に感じる場所である。ペニス以外に感じる部分を、彼は新鮮な思いで実感した。

幹がヒクつくと、愛撫をせがんでいるように思ったのか、さらに由香利が顔を前進させてきた。そして肉棒の裏側を滑らかな舌でゆっくり舐め上げ、先端まで辿り着いた。

由香利は幹を小指を立てて支え、粘液の滲む尿道口をペロペロと舐め回し、さらに張りつめた亀頭をくわえると、丸く開いた口でスッポリと喉の奥まで呑み込んでいった。

「ああ、すごい……」

熱く濡れた美女の口腔に深々と含まれ、彼は快感に喘いだ。

由香利は幹を締め付けて吸い、熱い鼻息で恥毛をそよがせ、口の中ではクチュクチュと舌をからめ、満遍なく清らかな唾液にまみれさせた。

圭一郎が快感に任せ、思わずズンズンと股間を突き上げると、

「ンン……」

喉の奥を突かれた由香利が小さく呻き、彼女も顔を上下させて、スポスポと強烈な摩擦を繰り返してきたのだった。

4

「い、いきそう……」

すっかり高まった圭一郎が声を絞り出すと、すぐに由香利はスポンと口を引き離して顔を上げた。

「入れたいわ。上からでもいい？」

「うん、僕もその方が嬉しい」

由香利が身を起こして言い、彼も答えた。風俗では正常位ばかりでぎこちなかったが、彼本来は、美女に組み伏せられるというのが理想だったのだ。

それに由香利は、ジョージに見せるためという目的もあるので、自分が上の方

が良く見えると思ったのかも知れない。

すぐに彼女は、股間に跨がってきた。

そして唾液にまみれた幹に指を添え、先端に割れ目を押し付け、何度か擦りつけて位置を定めた。

やがて由香利は息を詰め、味わうようにゆっくり腰を沈めると張り詰めた亀頭が潜り込み、あとはヌルヌルッと滑らかに根元まで呑み込まれていった。

「アアッ……！　いいわ、奥まで感じる……」

由香利が完全に座り込み、ピッタリ密着した股間を擦り付けながら顔を仰け反らせて喘ぐと、魅惑的な巨乳が艶めかしく揺れた。

圭一郎も、肉襞の摩擦と締め付け、温もりと潤いに包まれて、由香利と一つになった悦びを嚙み締めた。

彼女は何度か腰を上下させたが、快感で上体が起こしていられず、すぐにも身を重ねてきた。

圭一郎も下から両手で抱き留め、胸に密着して弾む巨乳の感触と、膣内の収縮に高まった。

「膝を立てて……、激しく動いて抜けるといけないから……」

由香利が囁き、彼も両膝を立てて彼女の豊満な尻を支えた。

すると彼女が顔を寄せ、上からピッタリと唇を重ねてきたのだった。

思えば興奮で忘れていたが、互いの全てを舐め合った最後の最後にキスするというのも妙なものである。

圭一郎は、これがファーストキスのような感激に包まれながら、密着する彼女の唇の柔らかさと唾液の湿り気を味わった。

舌を挿し入れて滑らかな歯並びを左右にたどると、

「ンン……」

由香利が熱く鼻を鳴らし、歯を開いてネットリと舌をからめてきた。

温かな唾液に濡れた舌が滑らかに蠢き、下向きのため由香利の唾液がトロトロと注がれてきた。

圭一郎は彼女の息で鼻腔を湿らせながら、清らかな唾液をすすって喉を潤し、快感に任せてズンズンと股間を突き上げはじめてしまった。

「アア……、いい……」

すると由香利が口を離し、唾液の糸を引きながら熱く喘いだ。

そして彼女も合わせて腰を動かしはじめると、何とも心地よい摩擦とともに、クチュクチュと淫らに湿った摩擦音が聞こえてきた。

　互いの動きがリズミカルに一致すると、溢れる愛液で律動が滑らかになり、ヌメリが陰嚢の脇を伝い流れて彼の肛門の方まで生温かく濡らしてきた。

　由香利の喘ぐ口に鼻を寄せて息を嗅ぐと、熱い湿り気とともに白粉《おしろい》に似た甘い刺激が鼻腔を掻き回してきた。

　夕食後で濃厚になった吐息の匂いが、何とも悩ましく胸に沁み込み、たちまち彼は激しく絶頂を迫らせていった。

　セーブしようとしても快感で股間の突き上げが停まらず、由香利も激しく動いているので、たちまち圭一郎は摩擦と締め付け、吐息の匂いの渦の中で昇り詰めてしまった。

「い、いく……！」

　溶けてしまいそうに大きな絶頂の快感に呻くと、彼は熱い大量のザーメンをドクンドクンと勢いよくほとばしらせた。

「あ、熱いわ……、アアーッ……！」

　噴出を感じた由香利も声を上げ、ガクガクと狂おしい痙攣を開始した。

　どうやら完全にオルガスムスに達してしまったようで、膣内の収縮と潤いが格段に増していった。

初めての素人体験で、同時に昇り詰めるというのは彼にとって驚くほど大きな悦びと感激であった。

「き、気持ちいい……」

圭一郎は呻き、心ゆくまで快感を嚙み締めながら、最後の一滴まで出し尽くしてしまった。

中出しして大丈夫なのかと思ったが、全ては快感に押し流された。まあ人妻である由香利が応じたのだから、心配ないのだろう。

都合の良い方に考えながら、彼はすっかり満足し、徐々に突き上げを弱めて力を抜いていった。

「アア……、よかったわ、すごく……」

由香利も満足げに声を洩らすと、熟れ肌の強ばりを解きながらグッタリと彼にもたれかかってきた。

圭一郎も重みと温もりを受け止めながら完全に動きを停め、まだ名残惜しげに収縮する膣内で、射精直後で過敏になった幹をヒクヒクと跳ね上げた。

「あう、もうダメ……」

するとと由香利も敏感になっているように呻き、幹の震えを押さえつけるようにキュッときつく締め上げてきた。

彼は身を投げ出し、彼女の熱く甘い吐息の刺激で鼻腔を満たしながら、うっとりと快感の余韻に浸り込んでいった。

しばし重なったまま荒い息遣いを混じらせていたが、やがて由香利が枕元のティッシュを手にすると、身を起こしてそろそろと股間を引き離した。

そしてティッシュを割れ目に当てて手早く拭いながら、顔を移動させて彼の股間に屈み込み、まだ愛液とザーメンにまみれた亀頭をパクッと含み、舌をからませてくれたのだ。

「あうう……、も、もういい……」

圭一郎が腰をよじりながら呻くと、彼女も舌で綺麗にすると顔を上げた。

「じゃお風呂に行きましょう。もう誰も来ないから」

由香利は言ってベッドを下り、DVDカメラのスイッチを切った。

彼も身を起こし、脱いだジャージを持って全裸のまま一緒に部屋を出ると、静かな暗い廊下を進んでバスルームへと行った。

互いにシャワーを浴びて身体を流すと、ようやくほっとしたように由香利が椅子に座った。

「まさか、杉田君とするなんて今まで夢にも思わなかったわ」

「僕も、由香利さんと出来て夢のように嬉しいよ……」

圭一郎は答え、脂が乗って湯を弾く熟れ肌を見ているうちムクムクと回復してきてしまった。

何しろ毎日二回三回とオナニーしてきたのだし、まして今日は憧れの由香利と体験をし、全裸の彼女が目の前にいるのだ。せめてもう一回抜いておかないと今夜は眠れないだろう。

「ね、ここに立って……」

圭一郎はバスルームの床に腰を下ろして言うと、由香利も目の前に立ち上がってくれた。そして彼は由香利の片方の足を浮かせてバスタブのふちに乗せると、開いた股間に顔を埋めた。

残念ながら悩ましい匂いは消えてしまったが、舐めると新たな愛液が溢れ、すぐにも舌の動きがヌラヌラと滑らかになった。

「あう……、まだ足りないの……」

由香利も腰をくねらせながら、彼の回復を見て取ったようだ。

「ね、オシッコを出して……」

彼は舐めながら、恥ずかしいのを我慢しながら言った。

やはり前から一度でいいから味わってみたかったし、それに一度セックスすると彼のシャイな部分が影を潜め、すっかり図々しくせがめるようになっていたのだった。

由香利も、何でも願いを叶えてくれるような女神様のような雰囲気を持っているのだ。

「まあ、そんなことしたいの……？」

「うん、由香利さんが誰にもしていないことを僕だけにしてほしい……」

言いながら舌を這わせると、彼女も拒まず、息を詰めて下腹に力を入れながら懸命に尿意を高めはじめてくれたようだ。

舐めていると、急に割れ目内部の柔肉が迫り出すように盛り上がり、味わいと温もりが変化してきた。

「あう、出るわ。いいのね、本当に……」

由香利が息を詰めて言うなり、チョロチョロと熱い流れがほとばしってきた。

圭一郎は舌に受け止めて味わい、恐る恐る喉に流し込んでみた。

味わいも匂いも実に淡く、飲み込むにも抵抗が無いのが嬉しかった。

5

「アア、変な感じ……」

由香利も息を震わせながら、初めての体験だったらしく、ガクガクと膝を揺すって放尿の勢いを増していった。

すると口から溢れた分が温かく胸から腹に伝い流れ、ピンピンに元の大きさと硬さを取り戻したペニスを心地よく浸した。

やがて勢いが衰えると、間もなく流れが治まってしまった。

圭一郎は余りの雫をすすり、残り香の中で割れ目内部を舐め回した。

すると新たな愛液がヌラヌラと溢れ、残尿が洗い流されて淡い酸味のヌメリが満ちていった。

「も、もうダメ……」

由香利が言ってビクッと腰を引くと、足を下ろしてしまった。

そして力尽きたようにクタクタと椅子に座り込むと、息を弾ませながら彼の股間に目を遣《や》った。

「すごい勃ってるわ。でも私はもう充分。もう一回したら明日起きられなくなってしまうから、お口でもよければ……」

由香利が嬉しいことを言ってくれ、彼は嬉々としてバスタブのふちに腰を下ろし、彼女の顔の前で股を開いた。

「ね、いきそうになるまで指でして……」

屈み込んで言うと、彼女も素直に両手で幹を押し包み、錐揉みするように動かしてくれた。圭一郎も指の愛撫に高まりながら顔を寄せ、由香利と舌をからめ、唾液と吐息に酔いしれた。

「舐めて……」

かぐわしい口に鼻を押し込んで囁くと、由香利も彼の鼻の頭をしゃぶり、鼻の穴にもチロチロと舌を這わせ、好きなだけ濃厚な吐息を嗅がせてくれた。

「唾を出して……」

さらにせがむと、彼女も白っぽく小泡の多い唾液を唇から滲ませ、彼は貪るように舐め取った。

せがまれるまま由香利が唾液と吐息を与えていると、つい指の動きが疎《おろそ》かになり、彼がヒクヒク幹を震わせると、またニギニギと愛撫してくれた。

やがて圭一郎はすっかり高まり、顔を上げて股間を突き出した。

すると由香利も張り詰めた亀頭をくわえ、なおもしなやかな指先で陰嚢をくすぐりながら舌をからませてきた。

「アア、気持ちいい……」

彼が喘ぐと、由香利は顔を前後させ、リズミカルにスポスポと摩擦しはじめてくれた。

唾液のヌメリで張り出したカリ首の傘が擦られ、チロチロと先端に舌が這い回った。彼はまるで、かぐわしい口に全身が含まれ、唾液にまみれて舌で転がされているような快感に包まれた。

溢れた唾液が陰嚢まで生温かく濡らし、彼女は摩擦と吸引、舌の蠢きを繰り返してくれた。

「い、いく……、アアッ……！」

たちまち彼は喘ぎ、憧れの美女の口の中で二度目の絶頂を迎えてしまった。

同時にありったけのザーメンが、ドクンドクンと勢いよくほとばしると、

「ク……、ンン……」

喉の奥を直撃された由香利が小さく呻いたが、それでも強烈な愛撫は続行してくれた。

圭一郎は快感に酔いしれながら、心置きなく最後の一滴まで出し尽くしていった。まさか自分の人生で、美しい由香利の上と下に射精できる日が来るなど夢にも思わなかったものだ。

出しきると硬直を解き、彼は荒い呼吸を繰り返した。

ようやく彼女も動きを停め、亀頭を含んだまま口に溜まったザーメンをゴクリと一息に飲み干してくれたのだ。

「あう……」

由香利の喉が鳴ると同時に口腔がキュッと締まり、彼は駄目押しの快感に呻いて幹を震わせた。

やがて由香利がスポンと口を離すと、なおも余りを絞り出すように指で幹をしごき、尿道口から滲む白濁の雫まで、彼女はチロチロと丁寧に舐め取ってくれたのだった。

「あう、もういい、どうもありがとう……」

圭一郎は過敏に幹をヒクヒク震わせながら降参して呻き、力を抜いて律儀に礼を言った。
するとと、やっと由香利も舌を引っ込めて彼を見上げ、
「二回目なのに、すごい量で濃いわ……」
言いながらヌラリと舌なめずりした。
あまりに艶めかしい仕草と表情に、また彼は回復しそうになったが、彼女は
シャワーを浴びて立ち上がった。
さすがに、そろそろ寝る頃だろう。仕方なく圭一郎もシャワーを浴びてバス
ルームを出ると、互いに身体を拭いた。
「じゃ二階へ行きますね」
「ええ、明日から絵をお願い」
ジャージを着た彼が言うと、由香利も答えた。
そして二人で脱衣所を出ると、彼女は自室へ、圭一郎は二階の部屋へ戻ったの
だった。
ベッドに横になり、圭一郎は暗い部屋で今日の出来事を思い返した。
(由香利さんと体験出来たんだ……)
彼は歓喜に包まれて思いながら、高校時代のセーラー服姿の由香利の、様々な

顔や姿を脳裏に浮かべた。

目を閉じると、もう全員が寝静まり、車の音も聞こえない。別に瑠奈も、夜の森を駆け回っているわけではなさそうだ。

やがて圭一郎は、さすがに疲れもあって、間もなく深い睡りに落ちていったのだった……。


——翌朝、彼は日の出とともに目を覚ました。

普段は昼近くまで寝ていることが多いが、廊下を歩く音や階下から物音が聞こえてきたからだろう。

（そうだ、葉山に来ていたんだ……）

彼は身を起こし、昨夜の出来事が夢のように感じられた。

しかし鼻腔には由香利の匂いが、全身には感触が残っているので、現実に起きたことに違いない。

窓の外は、紅葉が始まりかけた葉山の山々が見えている。

圭一郎は動きやすいジャージ姿になって部屋を出ると、階下へと行った。

「おはようございます」

リビングに下りて挨拶すると、

「おはよう、よく眠れたかしら」

キッチンで朝食の仕度をしている由香利が答えた。もちろん昨夜のことは、何事もなかったように輝くような笑みを浮かべている。

「ええ、あんまり静かだから、ぐっすり眠れた」

彼が答え、テーブルに着くと洗面所からメガネ美女の今日香が出てきた。

清楚な服装の大学院生も席に着き、どうやら一緒に朝食を取るようだ。

日が昇っているので瑠奈は下りてこないし、杏樹も奥の部屋でジョージに着きりらしい。

やがて朝食が出された。ベーコンエッグにトースト、野菜サラダにスープに牛乳だ。昨夜もそうだが、食生活は完全に洋風なのだろう。

由香利だけでなく今日香もいるので、また圭一郎は緊張気味に朝食を終えたのだった。

「私はお買い物に出るので、瑠奈の絵をお願いね」

「じゃ私も今日は大学へ戻るので、逗子駅まで乗せて下さい」

由香利が言うと、今日香も言って仕度のため二階へ戻った。

では、残る一台の車は杏樹のものらしい。

やがて今日香がバッグを持って二階から降りてくると、由香利と一緒に車で出ていった。

リビングに一人になると、圭一郎は洗面所へ行って歯磨きとトイレを済ませ、やがて二階へ上がっていった。

瑠奈の部屋をノックすると返事があったので、そっと開けて中に入った。

彼女は昨夜と同じドレスで髪を結い、学習机の椅子に掛けていた。窓のカーテンは二重に引かれ、一切太陽の光は入っていない。

「お早う、朝食は済んだのかな」

室内に籠もる思春期の匂いを感じながら言うと、

「ええ、杉田先生に描いてもらうの楽しみです。ホームページでもいろんな絵を見ました」

瑠奈が可憐な笑みを含んで言った。

「先生なんて呼ばなくていいよ。貧乏イラストレーターだからね」

「じゃなんて呼べばいいかしら。圭おじさまでもいい？」

つぶらな瞳で言われ、彼は思わずドキリと胸を高鳴らせた。

そう、昨夜はこの美少女の母親と交わったのだ。

「う、うん、いいね。そんな呼び方をされるの初めてだから嬉しいよ」

圭一郎は答え、瑠奈や室内を見回しながらポーズや絵のバックを考えた。

そして昼まで由香利は帰らないだろうし、杏樹は二階に来ないだろうと思うと彼は、美少女と二人きりということが強く意識されたのだった。

第二章　無垢な好奇心

1

「この服でいいかしら、それともヌード？」

瑠奈が言い、また圭一郎はドキリと胸を高鳴らせた。

「ヌ、ヌードなんか描いたらママに叱られるよ。そのドレスでいい。じゃ道具を持ってくるね」

彼は言い、隣室に戻ってタブレットを運び込んだ。彼女の学習机に置き、猫足の付いたアンティークな椅子を良い場所に置いた。

太陽光でなく室内灯だから、陽の移動や翳《かげ》りを心配することもない。

バックはカーテンの閉まった窓と本棚だ。彼は椅子の位置を定めるとテーピングをし、彼女を座らせた。

「脚を組んで、本を読んでいるところにしようか」

圭一郎は言い、本棚から適当な小説の単行本を出し、座った彼女に持たせて開かせた。

「うん、いいよ。じゃその位置で」

彼は瑠奈の置いた足の位置にもテープで印を付け、まずは持って来たデジカメで写真を撮った。

「あれ、故障かな。ぼんやりとしか写らない。まあいいか……」

撮った写真を見ても、瑠奈は何となく輪郭がぼやけて写っていた。それでも全身のポーズさえ分かれば支障はない。

とにかく休憩で移動しても、元の位置とポーズが分かれば良いのだ。

やがて圭一郎は椅子に掛け、タブレットを前に素描を開始した。

全体の位置を定め、ぼやけ気味の写真とも照らし合わせ、瑠奈のポーズと背景を描き留めた。

彼女も読書をしながらポーズは崩さず、伏し目がちな表情が実に可憐だった。

「少しぐらい動いても大丈夫だからリラックスしてね。目と顔を動かさなければお話ししてもいいからね」

「ええ、圭おじさまは彼女はいないんですか？」

言うと、瑠奈は本に目を落としたまま訊いてきた。

「今までずっと、彼女がいたことはないよ。ひたすら由香利さんに片思いしていたからね」

彼は絵に専念しながら答えた。

普段も音楽を掛けたり、テレビを点けたりして作業しているし、こんな美少女と話が出来るなら、やる気が出て筆も進んだ。

「そう、高校時代のママはどんなだった？」

「美術部でしか会っていないけど、性格が良くて綺麗で絵も上手く、誰とも付き合っていなかったから実に清らかだったよ」

圭一郎は答え、彼も訊きたいことを口にした。

「昼間は外に出ないようだけど、運動は得意なようだね。忍者みたいに暗い夜に木から木へ飛び移るし」

「木登りが好きなだけ。月が出るとじっとしていられなくて」

瑠奈が言う。そういえば明晩あたりが満月だろう。

欧州人の血の混じったクオーターだから、まるで狼男かバンパイヤのような性質を持っているのだろうか。

(待てよ、バンパイヤ……?)

そういえば吸血鬼は、昼間は棺桶で眠り、鏡や写真に写らないと言うが、瑠奈はクオーターだからぼんやりと写ったのではないか。

ふと思ったが、すぐに圭一郎は苦笑して自分の考えを打ち消した。

特に犬歯も発達していない、こんな可憐な美少女が怪物なわけはない。仮にそうだとしても、瑠奈にだったら血を吸われても良いと彼は思った。

やがて素描がほぼ完成し、圭一郎は時に画像を拡大しながら注意深く顔から描きはじめていった。いかに背景が緻密で見事に描けても、少女画は何しろ顔が命である。

輪郭をはっきりさせながら、徐々に彩色もし、特に長い睫毛を伏せた目と、頬の微妙な曲線には神経を使った。

ドレスの胸は微妙な膨らみを見せている。あるいは成長すると、由香利のような巨乳になるのかも知れない。

今の瑠奈は、ほぼ由香利の高校時代と似た体形であった。

(当時のセーラー服、もう由香利さんは持っていないだろうなあ……)

ふと、瑠奈にセーラー服を着せたいと思いながら彼は絵を進めた。

やがて小一時間ばかり描くと、

「じゃ少し休憩しようか。いいよ、自由に動いても」

彼は言って自分も肩の力を抜いた。

瑠奈も本を置いて立ち上がり、両手を上げて伸びをしながら、彼の絵を覗きに来た。

「わあ、すごいわ。もうこんな上手に顔が描けている」

彼女が嘆息して言い、圭一郎はほんのりと美少女の吐息を感じて股間を熱くさせてしまった。瑠奈の吐息には、まるで新鮮な桃でも食べたあとのように甘酸っぱい芳香が含まれていた。

しかも彼女は、そのまま圭一郎の膝に横座りになり、彼の肩に両手を回してきたのである。

そして近々と顔を寄せ、可憐な顔で彼の目を覗き込んできた。

「え……、な、なに……?」

「ゆうべ、ママを抱いた？」

瑠奈が、熱い神秘の眼差しで囁き、桃のような吐息を弾ませた。笑みを含むと右頬に片笑窪《えくぼ》が浮かんだ。

まさか昨夜、瑠奈は二階から木を伝って庭に下り、窓から二人の行為を覗き込んでいたのではないだろうか。確かに彼も視線を感じた気はしたが、それはDVDカメラのレンズと思っていたのだ。

「そ、そんなことあるわけないじゃないか。僕は瑠奈ちゃんの絵を描きに来ただけなんだからね」

圭一郎は、自分の口臭を気にしながら顔を背けて答えたが、瑠奈は構わず正面からなおも顔を寄せてきた。

「そうね、ママだってパパ一筋なんだから」

瑠奈が言い、そのまま甘えるように彼の胸に頬を当ててきた。

単に寝たきりの父親に抱かれたいのに叶わず、昨夜は何も見ていないのかも知れない。

とにかく圭一郎は、まだ乳臭い髪の匂いと、彼女の尻に押しつぶされる股間がムクムクと熱く変化してきてしまった。

すると瑠奈が異物に気づいたように、尻をクネクネさせはじめた。

「硬くなってるわ……」

瑠奈が、彼の胸に顔を埋めたまま言い、圭一郎は懸命に話題を逸らせた。

「男女のことは、もうすっかり知識はあるの？」

話を変えても、結局そうした微妙な内容になってしまった。

「今日香先生に何もかも聞いてるわ」

瑠奈が答える。

どうやら今日香は、学校の勉強だけの家庭教師ではないようだ。

「もし、ママが許したらヌードにもなった？」

「ええ、私は平気よ。圭おじさまの前でなら。それにママも、私が無垢なうちに絵に残したいって考えていたようだから、かえってヌードの方が記念になるって思っているわ」

「そう、じゃドレスの絵が出来上がったら、ヌードもママに相談するといいよ」

「ええ、いま見てみる？」

「え……」

圭一郎は瑠奈と接しながら、ずっと驚きっぱなしだった。

相手は十八歳間近な処女だというのに、何やら由香利に対する以上の緊張と興奮が湧いてしまった。

「その代わり、圭おじさまも見せて」

瑠奈が、尻をくねらせてコリコリと彼の股間を刺激してきた。

(最後までしなければいいか……)

美少女の魔力に陶然となりながら、いつしか圭一郎はそんなことを思いはじめてしまった。

まだ由香利が戻るまで、だいぶ時間はあるし、帰宅してもいきなり二階に上がって来ることもないだろうから、車の音が聞こえてから対処しても充分に間に合うに違いない。

すると瑠奈は返事も待たず彼の膝から降りるなり、紐を解いてドレスを脱ぎはじめてしまったのだ。

「あ……、る、瑠奈ちゃん……」

「圭おじさまも早く脱いで。お昼までしか時間がないわ」

戸惑いながら言うと、彼女も由香利の帰りを気にしているように答え、ドレスを脱ぐと下着まで下ろしはじめていった。

圭一郎も立ち上がり、夢の中にでもいるように朦朧としながらジャージ上下と下着を脱ぎ去ってしまったのだった。

そして激しく勃起しながら全裸になると、彼は瑠奈のベッドに仰向けになっていった。

枕には、美少女の匂いが悩ましく沁み付いて鼻腔が刺激された。

繊維の隅々には、瑠奈の汗や髪の匂い、涎や体臭などがミックスされて籠もっているようだ。

やがて瑠奈も一糸まとわぬ姿になり、ベッドに上がってきたのだった。

2

「ここに座ってね」

下腹を指して圭一郎が言うと、瑠奈はチラと屹立したペニスを見てから、素直に跨がってしゃがみ込み、無垢な割れ目を彼の肌に密着させてきた。

肌は透けるように白く、木登りや跳躍が得意でもアスリートのような筋肉は窺えず、手足は人形のように細かった。

しかし乳房は形良い膨らみを見せて息づいていたが、さすがに処女らしく桜色の乳首と乳輪が初々しかった。

股間の翳りも楚々として実に淡いものだったが、下腹に密着する割れ目からは熱い潤いが感じられはじめていた。

やはり由香利に似て、愛液の量が多いのかも知れない。

「じゃ両足を伸ばして、足の裏を僕の顔に乗せてみてね」

「ええっ？　そんなことしていいの？」

言うと、好奇心いっぱいの瑠奈は答え、物怖じせず両足を伸ばしてきた。

圭一郎は立てた両膝に彼女を寄りかからせ、足首を摑んで両の足裏を顔に乗せた。まるで人間椅子になったように美少女の全体重を受け、彼はうっとりと酔いしれた。

「ああ、変な気持ち……」

彼の下腹に座り、両足を顔に乗せた瑠奈が喘ぎ、たまに座りにくそうに腰をくねらせるたび、湿った割れ目が肌に擦り付けられた。

急角度に勃起したペニスが上下に震えるたび、彼女の尻をトントンと軽くノックした。

圭一郎は美少女の足裏に舌を這わせ、縮こまった指の間に鼻を押し付けて、蒸れた匂いを貪った。

指の股は、やはり生ぬるい汗と脂にジットリ湿り、ムレムレの匂いが悩ましく沁み付いていた。

彼は爪先にしゃぶり付き、桜貝のような爪を舐め、全ての指の股にヌルッと舌を割り込ませて味わった。

「あん、くすぐったいわ……」

瑠奈が息を弾ませて言うが、嫌がってはいない。

圭一郎は両足とも、味と匂いを貪り尽くしてしまった。

そして両足首を握って足裏を顔の左右に置くと、

「前に来て、顔に跨がって」

言うと彼女も、すぐに腰を浮かせて前進し、和式トイレスタイルで彼の顔に跨がってしゃがみ込んできた。しかもベッドの柵に両手で摑まると、まるでオマルに跨がったようだ。

脚がM字になると、白い内腿がムッチリと張り詰め、熱気と湿り気の籠もる股間が彼の鼻先に迫った。

ぷっくりした丘には楚々とした若草が煙り、まるでゴムまりを二つ左右に並べて押しつぶしたような割れ目からは、由香利よりもずっと小振りの花びらがはみ出していた。

そっと指を当てて陰唇を左右に広げると、奥には無垢な膣口が息づき、小粒のクリトリスも包皮の下から顔を覗かせていた。

「わあ、綺麗だよ、すごく」

「ああ、恥ずかしいわ……」

真下から言うと、瑠奈が内腿を震わせて喘いだ。

そして割れ目全体が清らかな蜜にヌラヌラと潤い、今にも糸を引いて滴《したた》りそうになっているではないか。

もう堪らず、圭一郎は瑠奈の腰を引き寄せ、無垢な割れ目に鼻と口を押し付けていった。

柔らかな若草に鼻を埋めて嗅ぐと、蒸れた汗とオシッコの匂いに、処女特有の恥垢か、淡いチーズ臭も混じって彼の鼻腔を刺激してきた。

「なんていい匂い」

嗅ぎながら言うと、瑠奈は答えず息を詰めて身を強ばらせるだけだった。

圭一郎は嗅ぎながら舌を挿し入れ、やはり淡い酸味を含んだヌメリを探り、処女の膣口をクチュクチュ掻き回してから、ゆっくりクリトリスまで舐め上げていった。

「アアッ……！」

瑠奈が熱く喘ぎ、思わずギュッと座り込みそうになって両足を踏ん張った。やはりこの小さなクリトリスが、最も感じるのだろう。

チロチロと舌先で弾くように刺激すると、由香利に負けないほど大量の蜜が溢れてきた。

それを舐め取り、味と匂いを充分に貪ると、さらに圭一郎は彼女の尻の真下に潜り込んでいった。

顔中に大きな水蜜桃のような双丘を受け止め、谷間を見るとやはり薄桃色の蕾は実に可憐な形をしていた。

鼻を埋め込んで嗅ぐと、蒸れた匂いが鼻腔を刺激し、彼は充分に嗅いでから舌を這わせ、ヌルッと潜り込ませて滑らかな粘膜を探った。

「あう、嘘……」

瑠奈は呻き、キュッと肛門で舌先を締め付けたが、やはり拒みはしなかった。

圭一郎は舌を蠢かせ、微妙に甘苦い粘膜を味わうと、割れ目から滴った蜜が鼻先を生ぬるく濡らしてきた。

中で舌を蠢かせてから、再び割れ目に戻ってヌメリをすすり、クリトリスを舐め回すと、

「ああ、もうダメ、今度は私に見せて……」

ビクッと股間を引き離して言うと、瑠奈は仰向けの彼の上を移動していった。

圭一郎が大股開きになると彼女は真ん中に陣取って腹這い、近々と顔を寄せて熱い眼差しで観察してきた。

「おかしな形……」

彼女は言うと屹立した幹を恐る恐る撫で、いったん触れると度胸が付いたのか手のひらに包んで感触を確かめるようにニギニギし、張り詰めた亀頭もいじり、陰嚢をつまみ上げて肛門の方まで覗き込んだ。

「ああ……」

彼は無垢な視線と無邪気な愛撫に喘ぎ、ヒクヒクと幹を震わせた。

「こんなに大きなのが入るのかしら……」

「うん、充分に濡らせば入るよ」

「そうね、でも今日はダメ」

瑠奈は言い、袋をいじって睾丸を確認してから、とうとう舌を伸ばして裏筋を舐め上げてきたのだった。

「あう……」

圭一郎が呻くと、たまに瑠奈はチラと目を上げて彼の表情を見ながら、先端まで舌を這わせてきた。

「先っぽが濡れてるわ。これがザーメン？」

「そ、それは瑠奈ちゃんが感じて濡れるのと同じ、気持ちいいときに出る液。ザーメンは白っぽくて、勢いよく飛ぶんだよ」

「そう、出るところ見たいわ。どこが感じるの？」

「さ、先っぽの少し裏側……」

「ここ？」

言うと瑠奈が舌を伸ばし、チロチロと左右に動かしながら尿道口の少し下を舐めてくれた。

「あう、そこ、気持ちいいよ……。でも、まだ出ないからね……」

圭一郎は、無垢な舌による快感に身悶えながら答えた。

本当はこのまま果て、瑠奈の言う通り射精するところを見せてもいいのだが、まだしていないことが山ほどあって勿体なかった。

「どうすれば出るの？」

「お口に深く入れて」

言うと瑠奈も小さな口を精いっぱい丸く開いて、張り詰めた亀頭を含むと、さらにスッポリと呑み込んでくれた。

温かく濡れた口の中に深々と含まれ、彼は幹を震わせながら快感を味わった。

「ンン……」

瑠奈も熱い息で恥毛をくすぐり、鼻を鳴らしてクチュクチュと舌をからめてくれた。たちまち彼自身は美少女の清らかな唾液に生温かくどっぷりと浸り込み、絶頂を迫らせた。

たまに当たる歯も新鮮な刺激である。

しかし、まだオッパイも唇も味わっていないのだ。

「口が疲れたわ……」

すると彼女は自分からチュパッと軽やかな音を立てて口を離すと、そう言って顔を上げた。

「じゃこっちへ来て」

圭一郎は言い、瑠奈を添い寝させると初々しい乳首にチュッと吸い付いた。

舌で転がし、顔中を押し付けて膨らみを味わいながら、もう片方の乳首も指で探ると、

「あん、くすぐったいわ……」

瑠奈が言い、クネクネと身悶えた。彼は左右の乳首を順々に含んで舐め、スベスベの腋の下にも鼻を埋め、甘ったるい汗の匂いに噎《む》せ返った。

3

「キスしてもいい？」

乳首と腋を味わい尽くすと、圭一郎は上からのしかかって囁いた。

瑠奈も仰向けに身を投げ出し、小さくこっくりしたので彼は顔を寄せ、そっと唇を重ねていった。

ぷっくりした唇からは、柔らかなグミ感覚の弾力と唾液の湿り気が伝わり、瑠奈の熱い鼻息が圭一郎の鼻腔を悩ましく湿らせてきた。

舌を挿し入れ、綺麗な歯並びを舐め、ピンクの引き締まった歯茎まで探ると、彼女の歯が開かれた。

侵入を許されて潜り込ませ、美少女の舌を探ると、彼女も生温かな唾液に濡れた舌をチロチロと滑らかに蠢かせ、絡み付けてくれた。

執拗に舌を舐めながら、彼女の濡れた割れ目に指を這わせ、小刻みにクリトリスを探ると、

「ああッ……、い、いい気持ち……」

瑠奈が口を離し、熱く喘いだ。

圭一郎は美少女の甘酸っぱい吐息でうっとりと鼻腔を刺激されながら、なおも愛撫を続けた。

「い、いきそう……、もう少し強く……」

瑠奈が声を上ずらせてせがんだ。オナニーにも慣れ、どうやらこのまま果てたいようである。

彼は同じリズムで小さな円を描くように、最も敏感な突起をいじりながら、瑠奈の喘ぐ口に鼻を押し込み、何度も何度も熱い息を吸い込んで可憐な果実臭で胸をいっぱいに満たした。

「い、いっちゃう、気持ちいいわ……、アアーッ……!」

たちまち瑠奈がガクガクと狂おしい痙攣をして喘ぎ、彼の指を内腿できっちりと締め付けてきた。なおも愛撫を続けていたが、

「も、もういいわ……」

彼女が肌を硬直させながら言い、ようやく彼も指を離してやった。

「アア、震えが止まらないわ……、やっぱり、自分でするのと全然違う……」

瑠奈はいつまでもヒクヒクと身を震わせ、熱い息を弾ませて言った。

しばらくは、どこにも触れられたくないようで圭一郎も添い寝しながらじっとして彼女の呼吸が整うのを待った。

やがて瑠奈も平静に戻ってきたように深呼吸し、

「ね、今度は圭おじさまがいくところ見せて……」

言ってペニスに触れてきた。

「じゃいきそうになるまで指でいじってね」

圭一郎も仰向けになり、ニギニギと動かしはじめる美少女の愛撫に身を委ねながら、彼女の顔を引き寄せた。

「唾を飲ませて、いっぱい……」

言うと、瑠奈も懸命に唾液を分泌させて溜めると、愛らしい唇をすぼめて迫ってきた。そして白っぽく小泡の多い唾液をグジューッと、彼の口に吐きだしてくれた。

圭一郎は、美少女の清らかなシロップを舌に受けて味わった。

プチプチと弾ける小泡の一つ一つに、可憐な果実臭が含まれ、彼はうっとりと喉を潤して酔いしれた。

さらに彼女の口に鼻を押し込み、濃厚に甘酸っぱい吐息を胸いっぱいに嗅ぎながら、指の愛撫に高まっていった。

「い、いきそう……」

言うと瑠奈はすぐに移動し、彼の股間に戻っていった。

感じると言われた先端の少し舌にチロチロと舌を這わせ、熱い息を股間に籠もらせた。

見ると、瑠奈は両手で幹を支え、無邪気に先端を舐め回し、時に張り詰めた亀頭を含んで吸った。何やら美しいネコ科の獣が、無心に骨片でもかじっているようである。

やがて肉棒が含まれ、スポスポと摩擦された途端に、

「い、いく……、ああ、気持ちいい……!」

圭一郎は激しく昇り詰め、快感に口走った。

同時に熱い大量のザーメンがドクンドクンと勢いよくほとばしり、清らかな処女の喉の奥を直撃してしまった。

「ンンッ……」

瑠奈が呻き、慌てて口を離すと、なおもドクドクと脈打つ射精の様子を間近に見ながら、なおも幹を両手の指でしごき、尿道口の下をチロチロと左右に舐め続けてくれた。

何とかザーメンは彼女の顔に飛び散らず、急角度に勃起しているので大部分は彼自身の腹に注がれた。

ようやく快感が過ぎ去り、最後の一滴がドクンと放たれると、彼はグッタリと身を投げ出し、荒い呼吸を繰り返した。

「すごい勢い。生臭いわ。これが精子の匂い……?」

瑠奈が、なおも顔を寄せて肉棒をいじりながら言う。どうやら口に飛び込んだ濃厚な第一撃は飲み込んでくれたようだ。

そして彼女は、味わうように濡れた尿道口を舐めてくれた。

「も、もういいよ、ありがとう……」

圭一郎はヒクヒクと過敏に幹を震わせながら言い、ようやく彼女も舌を引っ込め、指を離してくれた。さらに手を伸ばしてティッシュを取り、先端と、彼の下腹に飛び散ったザーメンも丁寧に拭いてくれたのだった。

彼女は自分の割れ目も拭うと、ベッドを下りて黙々と下着を着け、ドレスを身にまとっていった。

余韻から覚め、呼吸を整えた圭一郎も起き上がって身繕いをすると、瑠奈も本を持って椅子に掛けたので、彼はポーズを修正してから再びペンを手にしたのだった。

まだドキドキと激しい鼓動が続き、圭一郎は懸命に筆を進めた。何しろ無垢な処女の身体中を味わい、口に射精してしまったのである。

隅々まで全裸を見てしまったので、今はドレスの内部に息づく肌も容易に想像が付き、彼は次第に自分のペースで作業が捗《はかど》っていった。

やがて車の音がして、由香利が買い物から帰ってきたようだった。

さらに絵を進めているうちに昼になって、由香利に呼ばれた圭一郎は作業を中断して階下へ降りていった。

階下は陽が射して明るいので、瑠奈は自室に残った。

昼食はパスタが出され、由香利は何があったかも知らず二階にも瑠奈の食事を運んでゆき、すぐ戻ってきた。

「絵は進んでいるようね」

由香利は、絵も見たらしく笑顔で言った。部屋のクズ籠に捨てたザーメンの匂いにも気づかなかったようだ。

してみると、瑠奈も気取られることなく母親と接したらしい。

まあ考えてみればシャイな彼などより、女の方がずっと強かで自分を装えるのかも知れない。

「ええ、瑠奈ちゃんも大人しくポーズを決めてくれてますので」

彼は食べながら答え、由香利に勘づかれないよう普段通りに過ごそうと努めたのだった。

由香利は奥の部屋の杏樹にも食事を運んでいった。ジョージの部屋は病院の個室のように、独自の洗面所やトイレがあるらしい。

そして食事を済ませると、圭一郎は歯磨きしてから、また二階の部屋に行って絵を描いた。

「疲れないかな？」

「ええ、大丈夫」

気遣うと瑠奈が健気に答えた。

時間が経つうちに、圭一郎はまたムラムラと射精欲求を催してしまったが、瑠奈の方はすっかり好奇心を治め、それより少しでも早く完成の絵が見たいようにじっとポーズを取ってくれていた。

やがて彼は絵を反転させてデッサンの狂いがないか確認しながら、細部を拡大しては彩色を続け、休憩を挟みながら陽が傾く五時頃に今日の作業を終了したのだった。

ここまでは自分でも満足のいく出来映えで、瑠奈の可憐さが良く表れていると思った。

瑠奈は部屋に残り、圭一郎は階下へ降りると由香利に言われて先に入浴した。

今夜は、家庭教師の今日香は戻らないらしい。

そして夕食も彼一人で、由香利は二階や奥の部屋に食事を運んだりして忙しそうだった。

だからビールは飲まず、彼は食事を終えて歯磨きも済ませた。

せっかく良い雰囲気の屋敷にいるのでテレビなどはニュースだけにし、やがて彼が二階へ戻ろうとすると、由香利が呼び止めた。

「あの、杉田君、ちょっと」

圭一郎は、まさか瑠奈のことで何か言われるのかと警戒したが、由香利の言葉は全く意外なものであった。

4

「松野博士が、杉田君にお話があるそうだから行って」

「ええ、分かりました」

瑠奈のことで咎《とが》められるのではなく、圭一郎は安心して答え、奥の部屋へと行ってみた。

ドアの前に空膳が置かれ、彼がノックするとすぐ応答があった。

中に入ると、相変わらずジョージが昏睡し、コードに繋がれた多くの機器が色とりどりの明滅をしていた。

奥のドアが、洗面所とトイレなのだろう。

あるいはシャワールームぐらい備わっているのかも知れない。

「どうぞ」

ボブカットに白衣姿の杏樹が椅子をすすめ、圭一郎が腰掛けると彼女は自分の簡易ベッドに座った。

「ゆうべの、由香利さんとのＤＶＤ、先生はすごく反応しました」

杏樹が能面のような無表情の顔で言った。

「え……」

いきなりのことで、圭一郎は戸惑いながら絶句した。

「は、反応というのは、良い方なのか悪い方なのか……」

「良い方です。相当に性的興奮が高まりました」

杏樹が、顔色一つ変えずに答えた。

「では、松野博士もＤＶＤを見たんですか……」

「杏樹でいいです」

「あ、杏樹さんも……」

「もちろん見ました。かなり先生好みの行為だったようで、エレクトが激しく僅かながら射精もしたのです」

杏樹が淡々と言い、素足にサンダルの脚を組んだ。白衣の下はスカートも穿いていないのか、白い脚がスラリと露わになった。

「でも、研究の目的は昏睡しながらの射精ではなく、射精せず脳だけで性的快感を得ることですので」

「そ、そうなのですか……、確かに、それは夢精と同じですからね……」

圭一郎は、モヤモヤと股間を熱くさせながら言った。

「ええ、今までは、由香利さんの性器のアップやオナニーシーンばかり脳にインプットしてきましたが、やはり男女のカラミは相当に激しい興奮が得られたようです」

杏樹が脚を組み替えて言った。

「そこで、やはりカラミが必要ならば、私とではどうか試してみたいのです」

言われて、圭一郎はドキリと胸を高鳴らせた。

「そ、それは、僕が杏樹さんとここでするということですか……」

「ええ、私の裸やオナニー姿もインプットしたのですが、由香利さんほどの興奮は得られなかったようです。でもカラミとなると別かも。もちろんお嫌なら無理にとは申しません」

「い、嫌じゃないです……」

彼は答えながら、ムクムクと痛いほど股間が突っ張ってきてしまった。

杏樹は、すでに彼が由香利としたことを知り、全てを見ているから、女なら誰でも良いのかと思われそうだが、

「そう、よかった」

彼女は言って立ち上がり、白衣のボタンを外しはじめたのである。

白衣を脱ぎ去ると、下は黒いブラとショーツだけだった。由香利ほどの巨乳ではないが膨らみは形良く、ウエストがくびれて脚が長く、実に見事なプロポーションではないか。

「どうか脱いで」

杏樹が言い、彼も立ち上がって手早くジャージ上下と下着を脱ぎ去り、椅子に置いてベッドに近づいた。

「私はシャワーも歯磨きもまだですが、構いませんか。先生は、ナマの濃い匂いを好んでいたので」

杏樹が、ブラとショーツを脱ぎ去りながら言うと、

「え、ええ、そのままの方がいいです……」

彼は激しく勃起しながら答えた。ではジョージは杏樹とも関係を持っていたのだろう。

杏樹も満足げに頷き、全て脱いで一糸まとわぬ姿になり、やはり三脚の付いたDVDカメラをセットしてからベッドに仰向けになった。

「では、どのようにでもお好きに」

杏樹が身を投げ出して言い、彼は冷徹な女史の肢体を見下ろした。

乳房は張りがありそうで、股間の翳りも程よい範囲に茂っていた。

学問と研究、今はジョージの介護も含め、我が身はケアしていない様子だが、元々体毛が薄いのか、由香利と違い脛はスベスベだった。

圭一郎は彼女の脚に屈み込み、足裏に舌を這わせ、揃った指の間に鼻を押し付けて嗅いだ。

ソックスなど履いておらず、日頃から素足でも、案外指の股は生ぬるい汗と脂に湿り、ムレムレの濃い匂いが沁み付いていた。あるいは昏睡しているジョージとしか会わないので、あまりシャワーなど浴びないのかも知れない。

彼は蒸れた匂いを貪ってから爪先にしゃぶり付き、ヌルッと舌を割り込ませて味わっていった。

しかし杏樹はピクリとも反応せず、息一つ乱さなかった。

これではジョージに見せるオナニーも、実に無味乾燥なものかも知れず、ジョージがさして反応しないのも無理ないかも知れない。

それでも圭一郎は自身の欲望に専念し、両足とも女史の指の股を全て貪り、味と匂いが薄れるほどしゃぶり尽くしてしまった。

そして股を開かせ、脚の内側を舐め上げ、白くムッチリした内腿をたどって股間に迫っていった。

中心部に目を凝らすと、それでも茂みの下の方は筆の穂先のように露を宿し、はみ出した陰唇を広げると、ピンクの柔肉はヌラヌラと潤いはじめているではないか。

では不感症というのではなく、反応が薄いのは杏樹本来のものなのだろう。

そして目を見張るのが、大きなクリトリスであった。

それは親指の先ほどもあって光沢を放ち、亀頭型をして、まるで幼児のペニスのようだった。あるいはこれが、研究に専念する冷徹な杏樹のエネルギーの源のような気がした。

圭一郎は堪らず、顔を埋め込んでいった。

茂みに鼻を擦りつけて嗅ぐと、やはり甘ったるい汗に刺激を含んだ残尿臭が混じり、悩ましく鼻腔を刺激してきた。

舌を這わせ、ヌメリを味わいながら膣口の襞を探り、大きなクリトリスまで舐め上げても、彼女は反応しない。チロチロと舐め回し、乳首のように吸い付いても杏樹は身動きしなかった。

舐めながら見上げると、杏樹もじっとこちらを見つめていた。

思わずドキリとしたが、愛撫を続けていると、
杏樹が言い、彼も前歯でコリコリとクリトリスを刺激してやった。

「そこ、噛んで……」

「あ……、いい、もっと強く……」

初めて杏樹が声を洩らし、ヒクヒクと白い下腹を波打たせ、内腿でキュッと彼の顔を挟み付けてきた。

どうやらソフトな愛撫より、痛いぐらいの刺激が好みのようだ。

圭一郎はやや力を込めてクリトリスを噛みながら、先端をチロチロと探った。

すると愛液の量が増し、徐々に彼女の腰がくねりはじめたのである。

「アア……、いい気持ち……」

ようやく杏樹が喘ぎ、目を上げると彼女は目を閉じ、形良い唇を開いて熱い息遣いを漏らしていた。

さらに彼女の両脚を浮かせ、白く形良い尻に迫った。

すると谷間にはピンク色をした蕾が、レモンの先のように突き出て肉を盛り上げ、実に艶めかしい形をしていた。

大きなクリトリスや突き出た肛門など、やはり女性というのは脱がせてみないと分からないもので、みんな違うことが分かったものだった。

鼻を埋めると蒸れて生々しい匂いが籠もり、彼は双丘に顔中を密着させて嗅いでから舌を這わせていった。

充分に濡らしてからヌルッと潜り込ませ、滑らかな粘膜を探ると、うっすらと甘苦い味覚が感じられた。

「く……」

杏樹が呻き、肛門でキュッと舌先を締め付けてきた。

クリトリスから愛撫が離れても、いったん喘ぎはじめると、もうずっと感じ続けているようだった。

圭一郎は充分に舌を蠢かせ、脚を下ろして再び割れ目に戻った。

クリトリスを吸い、軽くキュッキュッと歯で刺激すると、

「アア……、も、もういい……、こっちへ……」

杏樹が喘いで言い、彼の手を引っ張った。

圭一郎も導かれるまま前進し、彼女の胸に跨がると、杏樹が顔を上げ、張り詰めた亀頭にパクッとしゃぶり付き、モグモグとたぐるように根元まで呑み込んでネットリと舌をからめてきた。

5

「ああ、気持ちいい……」

圭一郎は快感に喘ぎ、真下から股間に熱い息を受けながら、杏樹の口の中でヒクヒクと幹を震わせた。

やがて充分に唾液に濡らすと、彼女はスポンと口を離した。

「入れて……」

言われて圭一郎は再び移動し、股間に戻ると彼女を大股開きにさせ、先端を濡れた割れ目に押し付けた。

ヌメリを混じらせながら位置を定め、ヌルヌルッと膣口に挿入していくと、

「アァッ……！」

杏樹が顔を仰け反らせて喘いだ。彼も肉襞の摩擦を受けながら根元まで押し込み、ピッタリと股間を密着させた。そして温もりと感触を味わいながら脚を伸ばし、身を重ねていった。

まだ動かず、屈み込んでチュッと乳首に吸い付いて舌で転がし、そこにも軽く歯を立てると、

「あう、いい、もっと強く……！」

杏樹がキュッと締め付けながら呻き、下から両手で彼の顔を胸に抱いた。

圭一郎は左右の乳首を含んで舐め、コリコリと噛みながら漂う体臭に興奮を高めた。

両の乳首を舌と歯で充分に愛撫してから、彼女の腕を差し上げて腋の下にも鼻を埋め込んで嗅いだ。スベスベの腋はジットリと生ぬるく湿り、濃厚に甘ったるい汗の匂いが悩ましく籠もっていた。

彼は胸いっぱいに嗅いでから杏樹の白い首筋を舐め上げ、上から唇を重ねた。

柔らかな感触と唾液の湿り気を味わい、舌を挿し入れていくと、

「ンン……」

杏樹が呻き、熱い息で彼の鼻腔を湿らせながらチロチロと舌をからめてきた。

圭一郎も生温かな唾液をすすり、滑らかに蠢く美女の舌を味わいながら徐々に腰を動かしはじめると、

「アアッ……！」

杏樹が口を離して喘ぎ、下からもズンズンと股間を突き上げてきた。

熱く湿り気ある息は花粉のような甘さに、夕食後のオニオン臭も混じって濃厚に彼の鼻腔を刺激してきた。

一種のギャップ萌えで刺激は興奮剤となり、圭一郎はうっとりと嗅ぎながら律動を早めていった。

無表情だった杏樹の頬は上気し、時に眉をひそめながら彼女は熱く喘ぎ、大量の愛液を漏らして動きを滑らかにさせた。

ピチャクチャと淫らに湿った摩擦音も響き、彼もいったん動くと快感で腰が止まらなくなった。

何しろ昼前は瑠奈に入れたくても入れられず、彼はずっと女体と一つになりたい欲求がくすぶっていたのである。

あまりに締め付けがきつく、油断していると潤いでヌルッと押し出されそうになるほどだった。一種の名器なのだろう。

圭一郎は、いつしか股間をぶつけるように激しく動き、美女の悩ましい吐息を嗅ぎながら高まっていった。

すると、杏樹が彼の口に耳を押し付け、

「噛んで……」

と、せがんできた。よほど、あちこち噛まれる刺激が好きなようだ。

彼は杏樹の耳たぶを噛み、ボブカットの髪に沁み付いた匂いを貪った。

耳の穴にも舌を挿し入れてチロチロ蠢かせ、もう片方の耳たぶもキュッと噛んでやった。

そしてなおもピストン運動を続けていると、

「い、いく……、アアーッ……！」

たちまち先に杏樹が声を上ずらせ、ガクガクと狂おしいオルガスムスの痙攣を開始したのだった。粗相したように大量の愛液が溢れて互いの股間をビショビショにさせ、収縮も最高潮になった。

続いて、圭一郎も絶頂の快感に全身を貫かれてしまった。

「く……、気持ちいい……」

昇り詰めながら口走り、ありったけの熱いザーメンをドクンドクンと勢いよく注入すると、

「あう、もっと……！」

噴出を感じ、駄目押しの快感を得たように杏樹が呻き、キュッキュッと締め付けを強めていった。

圭一郎は快感を噛み締めながら、心置きなく最後の一滴まで出し尽くした。

徐々に動きを弱めていくと、

「アア……」

杏樹もグッタリと力を抜きながら声を洩らし、四肢を投げ出していった。

まだ膣内がキュッキュッと締まり、幹を過敏にヒクヒク震わせながら、彼は杏樹の喘ぐ口に鼻を押し込み、濃厚な花粉臭の吐息を嗅いでうっとりと余韻を味わったのだった。

重なったまま彼女の息遣いに身を委ね、やがて呼吸を整えると圭一郎はそろそろと身を起こし、股間を引き離していった。

「ああ、シャワーを……」

杏樹も起き上がって言い、ＤＶＤカメラのスイッチを切ると、互いに全裸のまま奥の部屋に入っていった。

やはり、洗面所とトイレの奥にシャワールームがあった。

狭いが二人で身を寄せ合ってシャワーを浴び、身体を拭いて身繕いをした。

「この録画で、先生がどう反応するか……」

白衣を着た杏樹が言い、カメラをジョージの機器に接続した。

インプットされたら、昏睡中の脳にどのような情報が流れるのだろうか。

見ているような映像が現れるのか、あるいは二人の興奮の高まりまで電子信号として伝わるのか、根っからの美術系である圭一郎には、全く仕組みも構造も理解できなかった。

あるいはジョージは、我が娘なのに瑠奈の処女喪失まで情報を取り入れ、禁断の快感を得たいのではないだろうか。

様々な想像をして、

「じゃ二階に戻りますね」

彼は言って部屋を出ると、そのまま二階へ上がっていった。

すでに階下は暗く、二階も静かだった。

夜行性の瑠奈も、昼間ずっと起きてモデルをしなければならないので、さすがに眠ったのかも知れない。

圭一郎は自室に入ると暗い中で横になり、また今日あったことをあれこれ思い浮かべた。まだ昨日来たばかりなのに、あまりに色々なことが起き、オナニーする暇もないのである。

昨夜は真っ先に美熟女の由香利に素人童貞を捧げ、今日の昼前は、その娘である瑠奈に口内発射をし、夜には白衣美女の杏樹と濃厚なセックスをさせてもらったのだ。

しかも由香利と杏樹との行為は、全て録画されるという異常さだった。

それに、いずれ絵が完成したら、瑠奈の処女が頂けるのかも知れない。それを思うと激しい興奮が湧いたが、また明日にも良いことがありそうなので、彼はオナニーを我慢した。

圭一郎の好みであるメガネ美女の今日香は、しばらく瑠奈がモデルを勤めるので勉強はお休みにし、何日か来ないのだろう。

やがて圭一郎は目を閉じると、さすがに満足な疲労と、人の家に泊まり込む緊張や気疲れもあるようで、すぐ眠り込んでしまった。

そして翌朝も、ぱっちりと夜明けとともに彼は目を覚ました。

都内の一人暮らしでダラダラしていると、いつまでもベッドから出られなかったが、やはりここは朝食が用意されていると思うと楽しみで、美しい由香利の顔も見たいので実に目覚めが良かった。

ジャージを着て二階で顔を洗い、階下に降りると由香利が朝食の仕度を調えていたので挨拶した。

昨夜、圭一郎が杏樹としたことを、由香利は知っているのだろうか。

確かに、由香利が奥の部屋へ行くよう伝えたのだし、彼も長く出てこなかったから、恐らく察していることだろう。

しかし由香利の表情に曇りはなく、今朝も女神様のように輝く笑みを浮かべていた。

この家ではジョージを除くと圭一郎が最年長だが、やはり長年素人童貞だったから、同級生の由香利ばかりでなく、少女の瑠奈までが彼よりお姉さんに思えるような気持ちだった。

由香利から、特に昨夜のことを訊かれるようなこともなく、圭一郎は朝食を終えて二階へ戻った。

洗面所で歯磨きしてからトイレで大小を済ませ、部屋で少し休憩しながら気を高めていった。もちろん制作へのやる気と、また瑠奈と快感が分かち合えるのではという期待もあった。

そして約束の八時になると、圭一郎は隣室のドアをノックして瑠奈の部屋に入ったのだった。

第三章　お尻を両手で

1

「じゃ、少し休憩しようか。自由にしていいよ」

圭一郎が作業を休めて言うと、瑠奈も椅子から立って本を置き、昨日のように伸びをしながら絵の進み具合を覗き込んできた。

「すごいわ。ずいぶん進んでるのね」

瑠奈が、ふんわりと甘ったるい匂いを漂わせて言った。

もう構図が決まり輪郭線も定まると、あとはひたすら細部を描き込んで彩色していくだけである。

由香利もさっきお茶とお菓子を持ってきたばかりだから、これで昼まで誰も来ることはないだろう。

「うん、早ければ明日の夕方にも完成するかも知れない」

「楽しみだわ。それより、またいきたくなっちゃったの……」

瑠奈が身を寄せ、モジモジと囁いた。

どうやらクリトリス感覚による絶頂が得たいようで、やはりオナニーより人にしてもらうことが病みつきになってしまったのだろう。そして圭一郎のように、瑠奈も今日のため、昨夜はオナニーしていないようだった。

「やっぱり、自分でするより、圭おじさまにしてもらう方がずっといいって分かったし……」

「そう、じゃ昨日みたいに指でなく、今日は舐めていかせてあげる」

「うん！」

言うと彼女は大きく頷き、すぐにもドレスの裾をまくってショーツを脱ぎ去ってしまった。今日は階下に由香利もいるから全裸になるのは控え、下着だけ脱いだようだ。

そして彼女は裾を大まくりにして、ベッドに仰向けになったのだ。

圭一郎も、彼女を果てさせたあと射精したいので、下半身裸になってからベッドに上がり、瑠奈の股間に顔を潜り込ませていった。

ソックスも履いたままのドレス姿で、股間だけ丸見えになっているというのも実に興奮する眺めだった。

彼も、真っ先に瑠奈の股間に顔を進めた。

白くムッチリとした内腿を舐め上げ、ぷっくりした割れ目に吸い付き、淡い茂みに鼻を擦りつけて嗅ぐと、やはり今日も汗とオシッコに混じり、悩ましいチーズ臭が籠もって鼻腔を刺激してきた。

圭一郎は胸いっぱいに美少女の匂いを嗅いで舌を這わせ、膣口を探るとすでに熱い蜜が溢れはじめていた。

ヌメリをすすり、ゆっくりクリトリスまで舐め上げていくと、

「あん……！」

瑠奈がビクッと反応して喘ぎ、内腿できつく彼の顔を挟み付けてきた。

圭一郎はチロチロとクリトリスを舐め、味と匂いを堪能してから、彼女の両脚を浮かせて尻の谷間に鼻を埋め込んだ。

薄桃色の可憐な蕾に籠もる蒸れた匂いを貪り、舌を這わせはじめた。

ヌルッと潜り込ませ、滑らかな粘膜を舐め回すと、

「あう、そこはいいから、前を……」

瑠奈は、早く昇り詰めたいように呻き、キュッと肛門で舌先を締め付けると、すぐに脚を下ろしてしまった。

彼も再び割れ目に吸い付いてヌメリをすすり、クリトリスを舐めながら処女の膣口に指を潜り込ませてみた。さすがにきつい感じだが潤いが充分なので、指はヌルヌルッと滑らかに潜り込み、彼は内壁を探りながら出し入れさせるように動かした。

「そ、それ要らない……」

すると瑠奈が正直に言い、彼もすぐ指を引き抜いてやった。やはり違和感があり、今はクリトリスの快感だけに専念したいようだ。

彼もネットで得た知識を元に、彼女の脚を伸ばし、外側から腰を抱えた。大股開きになるよりも、女性は両脚を伸ばした方が果てやすいと聞いていたのである。

さらに、クリトリスを舐めていかせるときは、一定の動きだけを延々と続けるのがいいということだ。

やはり途中で舌の動きを変えると、いったん我に返って冷めてしまい、快感に集中できなくなるらしい。

圭一郎は舌でクリトリスを刺激し、小さく時計回りに円を描くように動かし続けた。下向きだから唾液が滴るが、すすったりするとリズムが狂うので、ひたすら構わず舐め回した。

「ああ、いい気持ち……」

瑠奈が喘ぎ、ヒクヒクと下腹と内腿を震わせた。

舐めながら見上げると、彼女はうっとりと目を閉じ、可憐な口を半開きにさせて熱い息を弾ませていた。

リズムを崩さず、休むことなく舌を動かし続けていると愛液の量が増し、次第に彼女がヒクヒクと小刻みな痙攣を繰り返しはじめた。

涎が垂れて舌が疲れるが休まず、もう少しだと思いつつ、フィニッシュまで辛抱していると、

「気持ちいいわ、いく……、アアーッ……！」

たちまち瑠奈が声を上げ、ガクガクと狂おしく腰を跳ね上げた。

「も、もうダメ……、離れて……！」

反り返って硬直したまま言うので、彼も名残惜しいまま股間から離れて添い寝していった。

「ああ……、気持ちよかったわ……、震えが止まらない……」

瑠奈がいつまでもヒクヒク震えながら言い、圭一郎も我慢出来ないほどピンピンに勃起していた。

喘ぐ口に鼻を寄せると、今日も美少女の吐息は濃厚に甘酸っぱい果実臭がして彼の鼻腔を悩ましく刺激してきた。

「ああ、すごくいい匂い……」

圭一郎が嗅ぎながらうっとりと言うと、瑠奈も好きなだけ熱い息を吐きかけてくれ、徐々に呼吸が治まってくると、そろそろと手を伸ばしてペニスをいじってくれた。

唇を求めると、彼女もピッタリと重ねてくれたので、圭一郎は仰向けの受け身体勢になって下から舌をからめた。

注がれる唾液で喉を潤すと、瑠奈もさらに大量の唾液をトロトロと口移しに注ぎ込んでくれた。

やがて充分に舌をからめ、唾液を味わうと瑠奈が口を離した。

「気持ちいい?」

「うん、すぐいきそう……」

「じゃ今日は全部お口に受けさせてね」

彼女が言い、圭一郎の股間に顔を移動させていった。

「顔を跨いで……」

言うと瑠奈も素直に彼の顔に跨がり、裾をめくって股間を押しつけ、女上位のシックスナインの体勢になってくれた。

彼女はスッポリとペニスを含み、熱い鼻息で陰嚢をくすぐった。

圭一郎も下から彼女の腰を引き寄せ、息づく肛門を見上げながら、まだ濡れている割れ目を舐め回した。

「あう、ダメ……」

瑠奈が口を離し、集中できないというふうに尻をくねらせたので、彼も舌を引っ込めた。

「うん、じゃ見るだけにするね」

「ああ、恥ずかしいな……」

瑠奈は股間への視線を感じながら言い、再びしゃぶり付いてくれた。

モグモグとたぐるように根元まで呑み込み、幹を丸く締め付けて吸い、口の中ではクチュクチュと舌を舌をからめてくれた。

「ああ……」

圭一郎は、舌から濡れた割れ目を見上げながら快感に喘ぎ、ズンズンと股間を突き上げはじめた。

「ンン……」

瑠奈は熱く鼻を鳴らし、自分も顔を上下させてリズミカルにスポスポと強烈な摩擦を繰り返してくれた。彼はいくらも我慢できず、たちまち昇り詰め、

「い、いく……！」

快感に口走りながら、大量の熱いザーメンをドクンドクンと勢いよくほとばしらせてしまった。

「ク……」

瑠奈が喉の奥に噴出を受けて呻き、それでも吸引と摩擦を続行してくれた。

「アア、気持ちいい……」

圭一郎は清らかな美少女の口を汚しながら喘ぎ、心ゆくまで快感を嚙み締めると、最後の一滴まで出し尽くしてしまった。

すっかり満足しながら突き上げを弱めていくと、彼女も摩擦を止め、亀頭を含んだまま口に溜まったザーメンをコクンと飲み干してくれた。

「あう……」

キュッと締まる口腔の刺激に駄目押しの快感を得て呻き、彼はグッタリと身を投げ出していった。

昨日は出るところが見たいと言っていた瑠奈も、今日は全て口に受けて飲み込んでくれたのだ。ようやくチュパッと口が離れると、瑠奈は幹を支えながらチロチロと濡れた尿道口を舐め回してくれた。

「あうう、も、もういい、ありがとう……」

圭一郎は過敏に幹をヒクつかせ、腰をよじって降参したのだった。

2

「すごく眠いわ。もうだいぶ進んだでしょう……」

昼食を済ませ、午後も制作を続けていると、瑠奈が力なく言った。

普段から昼間は寝ていることが多いので、相当な睡魔に襲われたようだ。

「うん、いいよ。充分に進んだから、今日はこれで終わりにしようか」

圭一郎も言い、やがてタブレットを閉じると、瑠奈もほっとしたようにベッドに横になってしまった。

確かに、絵もだいぶ仕上がりつつあった。これなら明夕には何とか完成できそうである。

まだ三時前だが、圭一郎も今日はゆっくり夕食まで休憩しようと思った。

すっかり眠り込んでしまった瑠奈をそのままに、圭一郎は静かに部屋を出ると自室に戻ろうとした。

すると、ちょうどそのとき今日香が階段を上がってきたのである。

どうやら今日戻る予定だったらしい。

「あ、瑠奈ちゃんは眠ってしまったんだ」

「そうですか。よかったら私のお部屋へどうぞ」

メガネ美女の大学院生が言い、圭一郎も誘われるまま彼女が使っている奥の部屋に入った。

中はベッドとクローゼットに机、ほぼ圭一郎の部屋と同じである。しかし違うのは、一日留守にしても室内に甘ったるい匂いが籠もっていることだった。

私物は着替えが入っているらしいバッグと、机の上の本やノートだけだった。

「私は、高校生の頃から瑠奈ちゃんの勉強を見てきたんです」

今日香がベッドに掛けて、彼には椅子をすすめながら言った。

「そう、じゃ長い付き合いなんだね。僕は、瑠奈ちゃんやこの家のことは何も知らないんだ」

「瑠奈ちゃんは、学校に行かず自宅でばかり勉強してきたけど、夜間の体操のジムには通っていたわ。夜間大学に入ったら体操も復帰したいみたい」

「確かに、木登りや跳躍が得意だからね」

「ええ、今夜は満月だし、昼間ゆっくり寝たら外を跳ね回りそう」

今日香が言う。

この彼女が、瑠奈に男女の仕組みも教えていたのだろう。それを思うと股間が熱くなり、気になっていたことを訊いてみた。

「瑠奈ちゃんは、異性への興味は……?」

「恋愛経験はないはず。強いて言えばファザコンだったから、年上の男に惹かれるみたいだわ。杉田さんのような」

今日香が、何もかも知っているとでもいうふうに言った。

レンズ越しにじっと見つめられ、圭一郎も、なんて清楚で魅力的な美女だろうかと思った。

そう、本来の彼は、今日香のような一見地味で大人しそうな、文科系の女性に惹かれるのである。

「でも女同士では、多少戯れたこともあったの。私がオナニーを教えたし、生理不順の解消のためピルもあげているし」

「わあ、二人でレズごっこを……？」

いつの間にかそんな話題になり、ますます彼は激しく勃起してきてしまった。

「きょ、今日香さんは彼氏は？」

「今はいません。高校大学と、二人と付き合ったけど今は一年ばかり誰とも出会いがなくて」

訊くと、今日香が答えた。

「どうも、瑠奈ちゃんは絵が完成したら初体験をしたがっているようだわ。どうか優しくしてあげて下さいね」

「や、やっぱり僕がしていいのかな……、由香利さんは承知なのかな……」

「大丈夫でしょう。みな性には、非常に開放的な家系みたいだし」

今日香が言い、圭一郎はゾクゾクと淫気を高めていった。
すると先に、今日香の方から誘いを掛けてきたのである。
「失礼だけど、あまり経験豊富に見えないので、瑠奈ちゃんとする前に私として
みませんか。練習台でいいので」
「た、確かに経験が少ないので、試してみてくれると嬉しい……」
言うと今日香は小さく頷き、
「シャワー浴びなくていいですか。今朝浴びたきりだけど」
そう言ったので、彼は激しく頷いた。
「え、ええ、そのままでいいです」
圭一郎が勢い込んで言うと、今日香も頷いて立ち上がり、ブラウスのボタンを
外しはじめたのだった。
(うわ、彼女とできるんだ……)
圭一郎は舞い上がり、自分も立ち上がって手早くジャージ上下と下着まで脱ぎ
去り、全裸で彼女のベッドに横たわっていった。
やはり枕には、今日香の悩ましい匂いが沁み付いていた。
彼女も手早く脱ぎ去り、白い柔肌を露わにしていった。

「あ、メガネは外さなくていいです」

「メガネ、好きなんですか？」

「ええ、知的な感じで、すごくいいです」

彼が言うと、今日香も外しかけたメガネを掛け直し、一糸まとわぬ姿でベッドに横になってきた。

巨乳ではないが乳房は形良く、瑠奈と違って運動は得意でないらしく手足は細かったが、腰は女らしい丸みを持っていた。

「好きなようにして下さいね」

言いながら添い寝してくれたので、彼は今日香の腕をくぐり、甘えるように腕枕してもらった。

腋の下に鼻を埋め込むと、生ぬるく湿ってスベスベの腋には、甘ったるい汗の匂いが籠もって鼻腔を掻き回してきた。

「ああ、いい匂い……」

「匂いますか……」

「ほんのりとだけ」

気にしたように言う彼女に答え、圭一郎は鼻を埋めて何度も深呼吸した。

そして執拗に嗅ぎながら息づく乳房に手を這わせ、指の腹でコリコリと乳首をいじった。

「く……」

今日香が息を詰め、ビクリと身を強ばらせて小さく呻いた。

杏樹は最初全く無表情の無反応だったが、今日香は一見控えめに見えるが性には奔放そうで、素直に反応してくれていた。

圭一郎は充分に腋の匂いを貪ってから顔を移動させ、のしかかるように左右の乳首を交互に含んで舌で転がした。

「アア……」

彼女が目を閉じ、うっとりと喘ぎながら、次第にクネクネと身悶えはじめた。

やはり久々の男を相手に、淫気も興奮も高まっているようだった。

先日まで素人童貞だったが、もうここへ来て何人か知ったので、圭一郎も緊張や気後れより、正直に愛撫に専念することができた。

両の乳首と張りのある膨らみを充分に味わうと、彼は白く滑らかな肌を舐め下りていった。

臍を探り、腹の弾力を味わい、股間を避けて腰から脚を下降した。

丸い膝小僧をそっと嚙むと今日香はビクリと反応し、さらに圭一郎はスベスベの脛から足首に下り、足裏に回り込んだ。

綺麗な踵から土踏まずを舐め、形良い指の間に鼻を押し付けて嗅ぐと、やはり誰も似たような蒸れた匂いが沁み付いていた。

爪先にしゃぶり付いて順々に指の股に舌を割り込ませると、

「あう……！」

今日香がビクリと反応して呻き、彼の口の中で指を縮めた。

圭一郎は足首を摑んで押さえ、両足とも全ての指の股に籠もる汗と脂の湿り気を貪り尽くしてしまった。

「アア……、汚いのに……」

声を震わせ、信じられないというふうに言うので、あるいはかつての二人の彼氏は足指を舐めないようなダメ男だったのかも知れない。

やがて彼は今日香を大股開きにさせ、脚の内側を舐め上げていった。

白くムッチリと張りのある内腿を通過し、股間に顔を迫らせていくと生ぬるい熱気が感じられた。

見ると柔らかな恥毛が煙り、はみ出す陰唇がヌラヌラと潤っていた。

割れ目を後回しにし、先に圭一郎は今日香の両脚を浮かせ、形良い尻に向かった。谷間には、可憐なおちょぼ口をした薄桃色の蕾がひっそり閉じられ、恥じらうように細かな収縮を繰り返していた。

3

「ね、自分で両手をお尻に当てて左右に広げて」

股間から言うと、今日香がそっと両手を早急に当て、息を弾ませながらムッチリと広げてくれた。

すると、さらにピンクの蕾が襞の隅々まで丸見えになった。

「肛門舐めてって言って」

「そ、そんなところ舐めるものじゃないわ……」

圭一郎が言うと、今日香は浮かせた脚をガクガク震わせ、なおも谷間を広げながら言った。やはりかつての恋人二人は、肛門も舐めないようなダメ男だったらしい。

やがて彼の視線を感じながら、今日香が唇を舐めて口を開いた。

「でも、そんなことを言わせたいのね……、こ、肛門舐めて……、アア……」

彼女は言い、自分の言葉に羞じらいながら収縮を繰り返した。

圭一郎も蕾に鼻を埋め込み、顔中で双丘の弾力を感じながら嗅いだ。

蕾には汗の匂いに混じり、蒸れて淡いビネガー臭が籠もって悩ましく鼻腔を刺激してきた。

シャワー付きトイレを使用していても、そのあとに気体が洩れることもあるだろうし、美女の生々しい匂いに彼は激しく興奮を高めた。

充分に嗅いでから舌を這わせ、チロチロと探って襞を濡らすと、ヌルッと潜り込ませて滑らかな粘膜を探った。

「あう……、ダメ……」

今日香が呻き、キュッときつく肛門で舌先を締め付けてきた。

圭一郎は舌を蠢かせ、甘苦い粘膜を味わってから、出し入れさせるように動かした。

「く……、変な気持ち……」

今日香が収縮を強めて喘ぎ、彼の鼻先にある割れ目からはトロトロと新たな愛液を漏らしてきた。

ようやく脚を下ろすと彼は舌を引き離し、滴るヌメリを舐め取りながら、息づく膣口の襞をクチュクチュ掻き回し、光沢ある小豆大のクリトリスまでゆっくり舐め上げていった。

「アアッ……！」

今日香がビクッと顔を仰け反らせて喘ぎ、内腿で彼の両頬を挟み付けた。

柔らかな茂みに鼻を埋めて嗅ぐと、やはり蒸れた汗とオシッコの匂いが悩ましく籠もり、ゾクゾクと胸に沁み込んできた。

チロチロとクリトリスを探っては溢れるヌメリをすすり、味と匂いを充分に貪っていると、

「も、もうダメ……、いきそう……」

今日香が言うなり身を起こしてきた。舌だけで果てるのが、何とも勿体ないような仕草である。圭一郎も股間から這い出して仰向けになっていくと、今日香が彼の股を開いて腹這い、ペニスに顔を寄せてきた。

「すごい勃ってるわ。これが瑠奈ちゃんの処女を奪うのね……」

彼女が熱い視線を注いで囁き、幹に指を添えながら、幹の裏側をゆっくり舐め上げてきた。

滑らかな舌が蠢きながら先端まで来ると、今日香は粘液の滲む尿道口を舐め回し、張り詰めた亀頭をくわえ、そのままスッポリと喉の奥まで深々と呑み込んでいった。

「ああ、気持ちいい……」

圭一郎はうっとりと喘ぎ、股間に熱い息を受けながら彼女の口の中でヒクヒクと幹を震わせた。

今日香も含みながら幹を締め付けて吸い、クチュクチュと舌をからめてから、小刻みに顔を上下させスポスポと摩擦してくれた。

股間を見ると、清楚なメガネ美女が上気した頬をすぼめて吸い付き、セミロングの髪で内腿をくすぐりながら無心におしゃぶりしていた。

「い、いきそう……」

すっかり高まった圭一郎が息を詰めて口走ると、すぐに今日香もスポンと口を引き離した。

「う、上から跨いで入れて……」

「ダメです。瑠奈ちゃんの初体験のための練習だから、正常位で」

今日香が言って添い寝し、仰向けに身を投げ出してきた。

圭一郎も仕方なく入れ替わりに身を起こすと、彼女の股を開かせて股間を進めていった。

幹に指を添え、先端を割れ目に擦り付けて位置を定めた。

やがて気を高め、ゆっくり潜り込ませていくと張り詰めた亀頭が嵌まり込み、あとはヌルヌルッと滑らかに根元まで吸い込まれていった。

「アア……！」

今日香が熱く喘ぎ、久々らしいペニスを味わうようにキュッキュッと締め付けてきた。圭一郎も摩擦快感と温もりを味わい、股間を密着させながら身を重ねていった。

胸で乳房を押しつぶすと心地よい弾力が感じられ、彼は上から唇を重ね、舌を挿し入れた。

綺麗な歯並びを舐めると、すぐに今日香も歯を開き、チロチロとたわむれるように舌をからめてくれた。彼も温かな唾液に濡れて滑らかに蠢く舌を執拗に舐めていると、鼻腔を湿らせる互いの息でレンズが僅かに曇った。

徐々に腰を突き動かしはじめると、すぐにも熱い愛液で律動が滑らかになり、彼女もズンズンと股間を突き上げてきた。

「アア……、いい気持ち……、すぐいきそう……」

今日香が口を離して喘ぎ、動きと収縮を強めてきた。

メガネ美女の開いた口に鼻を押し込んで熱い息を嗅ぐと、それはシナモンに似た芳香を含み、悩ましく鼻腔が刺激された。

圭一郎も次第に動きを強め、浅い部分で何度か摩擦してからズンと深く突き入れ、引く方を意識しながらカリ首で内壁を擦った。

「あう、すごいわ……」

今日香が呻き、下から両手で激しく彼にしがみついてきた。

互いの動きもリズミカルに一致し、彼も股間をぶつけるように激しく動き続けながら絶頂を迫らせていった。

「い、いく……、アアーッ……！」

たちまち今日香が声を上げ、ガクガクと狂おしい痙攣を開始した。同時に彼も収縮の中で昇り詰め、激しい快感に身を震わせながら熱いザーメンをドクンドクンと勢いよく注入した。

「く……、気持ちいい……」

「アア……、感じる……」

オルガスムスを一致させると互いに口走り、圭一郎は快感を嚙み締めながら、心置きなく最後の一滴まで出し尽くしていった。

彼が満足しながら徐々に動きを弱めてゆくと、今日香もヒクヒクと身を震わせてグッタリと力を抜いた。

重なったまま息づく膣内でヒクヒクと幹を震わせ、圭一郎は今日香の喘ぐ口に鼻を押し付け、熱いシナモン臭の吐息を嗅ぎながら、うっとりと快感の余韻を味わったのだった。

「すごかったわ……、こんなによかったの初めて……」

今日香も満足げに声を洩らし、荒い息遣いを繰り返した。

どうやら合格らしく、圭一郎はこのように瑠奈を抱けば良いのだろう。

呼吸を整えて彼が身を起こし、股間を引き離すと、今日香がティッシュを手にして割れ目に押し当てた。

彼もティッシュを取ってペニスを拭い、添い寝して少し休んだ。

「すごく丁寧な愛撫で驚いたわ……」

今日香が、とろんとした眼差しで言う。彼の見かけで経験不足と判断したようだが、それが間違いだったと実感したのだろう。

「でも、爪先やお尻の穴まで舐める人は初めてだわ。やっぱり瑠奈ちゃんにも、同じようにするんですね……」

今日香は言うが、すでに圭一郎は瑠奈の爪先や肛門など何度も味わっているのである。

「うん、やはり隅々まで味わいたいので」

「そう、きっと瑠奈ちゃんも感じて悦ぶと思います……」

彼が答えると、今日香は自分の快感を思い出したように答えた。

やがて圭一郎は起き上がり、ベッドを下りて身繕いをした。今日香はこのまま夕食の時間まで休むようだった。

彼は部屋を出て、そっと瑠奈の部屋を覗いたが、まだ彼女はぐっすりと眠っていたので、自分の部屋へと戻って休憩した。

そして夕方になったので彼は階下へ行って風呂に入り、上がると夕食の時間になった。

今日香も下りてきたので、由香利と三人で夕食を囲み、

(とうとう屋敷にいる瑠奈以外の女性の全員としてしまったんだ……)

圭一郎は思い、それでもまだ少々緊張しながら食事を終えたのだった。

瑠奈も起きたようで、由香利は二階に食事を運び、奥の部屋にも杏樹の分を持っていった。

圭一郎は二階の自室に戻り、明日か明後日には絵が完成し、瑠奈の処女が貰えることに胸をときめかせた。

するとそのとき、いきなり窓が外からトントンと軽くノックされ、彼が驚いて見ると瑠奈が顔を覗かせていたのだった。

4

「どうしたの……」

圭一郎が窓を開けて訊くと、結っていた髪を下ろし、黒いジャージ上下に身を包んだ瑠奈が手招きしたのだった。

窓から身を乗り出して降り立つと、そこは両の部屋を繋いでいるベランダだ。

しかも東の山の端から、大きな満月が昇りはじめている。

「来て、一緒に山へ」

瑠奈が彼にサンダルを出して言い、ベランダの柵を越えた。

「ぼ、僕は木には飛び移れないよ……」

「これを伝って下りて」

瑠奈が言うと、一番近い木の枝に太いロープが結ばれ、下に下げられていた。

等間隔に結び目があるので、これなら彼でも下りられるかも知れない。

圭一郎はサンダルを履いて柵を乗り越え、やっとの思いでロープを摑むと、へっぴり腰で恐る恐る下りていった。

すると瑠奈はいきなり木立に飛び移り、忍者のように危なげなく先に下まで伝い下りていったのだった。

彼も結び目ごとに両手両足で摑まりながら、何とか芝生に降り立った。

「こっち」

瑠奈が言い、彼の手を引いて小走りに庭の裏手へと向かった。

ドレスでなく、長い髪の舞う忍者スタイルの瑠奈は実に新鮮で、初対面の驚きを思い出した。

やがて庭の端まで来て、裏門の鉄柵を開けて一緒に出ると、瑠奈は斜面を登りはじめた。なびく黒髪と、彼女の体から甘い匂いが漂い、圭一郎は疲れも忘れて手をつなぎながら上がっていった。

やがて、さして高くない丘の頂上まで来ると、さらに満月が大きく見えた。

周囲は人家も灯りもなく、ただ葉山の深い木々が覆い茂っているだけで、この丘の上は彼女のお気に入りの場所なのだろう。

「嬉しいわ……」

瑠奈は握っていた手を離すと言い、いきなり草の上を駆け出してUターンし、舞うように回転した。月光を浴びた黒ずくめの美少女が、月をバックにはしゃぎ回っている。

顔立ちも肌の色も洋風なのに、今だけは忍者のくノ一そのものだった。

さらに二回ほどバク転をし、最後は宙返りをして草に降り立った。真ん丸の青い月光に、じっとしていられないようだ。

その身体能力に目を見張り、圭一郎は草に腰を下ろして眺めた。

やがて瑠奈が圭一郎の横まで来て座り、彼の肩に寄りかかった。さすがに息が弾み、甘い匂いが濃く漂っている。

「明日には絵が完成するかしら」

「うん、夕方仕上がれば、明後日にプリントして額装するよ」

「そう、じゃ明日か明後日ね」

瑠奈は待ち切れないように、月光を映す瞳を輝かせた。

そして圭一郎を草の斜面に押し倒し、上から近々と顔を寄せると、ピッタリと唇を重ねてきた。

まさか圭一郎も自分の人生で、満月の夜に誰もいない丘で美少女とキスする日が来るなど夢にも思わなかったものだ。

草いきれに美少女の体臭が混じり、彼は瑠奈の熱い息で鼻腔を湿らせながら、潜り込んできた舌を舐め回した。

「ンン……」

瑠奈も熱く鼻を鳴らし、執拗に舌をからめてはトロトロと生温かな唾液を注いでくれ、彼はうっとりと味わいながら喉を潤して酔いしれた。

もちろん彼自身は、ムクムクと最大限に膨張していた。

やがて暴れた直後で息苦しくなったように瑠奈が唇を離し、なおも顔を寄せたまま熱い息を吐き出した。

美少女の吐息を嗅ぐと甘酸っぱい芳香がうっとりと鼻腔を刺激し、甘美な悦びとともに彼の胸に沁み込んでいった。

「いい匂い……」

圭一郎は酔いしれながら言った。

「瑠奈ちゃんは、天使なのか悪魔なのか分からない……」

「どっちだったらいい？」

瑠奈も、月の雫に濡れながら夢見心地で囁いた。

「どっちでもなく、この世のものでない気がする。もしかして吸血鬼？」

彼は、気になっていたことを口にした。

「違うわ。圭おじさまの精子は飲みたいけど、血は吸いたくないから」

彼女が答え、なおも圭一郎は果実臭の吐息で胸を満たした。

「小さくなって身体ごと瑠奈ちゃんのお口に入りたい」

「それで？」

「細かく嚙んで飲み込まれて、瑠奈ちゃんの胃の中で溶けて栄養にされたい」

「私に食べられたいの？」

「うん、吸血鬼でないなら、人を食べる妖怪であって欲しい。ね、食べちゃいたいって言って」

「食べちゃいたいわ……」

瑠奈が顔を寄せて言ってくれると、ゾクゾクと興奮に胸が震えた。

「ほっぺをカミカミして」

言うと彼女も大きく口を開き、圭一郎の頬に歯を立ててくれ、痕が付かない程度の力で咀嚼するようにモグモグと動かしてくれた。

「ああ、気持ちいい、ゴックンして」

言うと、瑠奈も本当に食べたようにコクンと喉を鳴らしてくれた。

「何度もゴックンして、ゲップしてみて」

「そんな、すごく嫌な匂いだったらどうするの」

「もっとメロメロになる」

圭一郎が激しく勃起しながら言うと、瑠奈も何度となく彼の左右の頬を噛んでは飲み込むように喉を鳴らし、やがて息を詰めるなりケフッと可愛らしいおくびを洩らしてくれた。

口に鼻を押し込んで嗅ぐと、果実臭に混じり生臭い発酵臭が鼻腔を刺激し、そのギャップ萌えに彼は危うく射精しそうな高まりを覚えた。

こんな美少女の胃や口の中で、発酵や腐敗が行われていると思うだけで興奮が増した。

「なんていい匂い」

「嘘ばっかり」

言うと瑠奈はクスッと笑い、嗅がれる羞恥などは感じないようだった。

「ね、私とママとどっちが好き？」

と、いきなり瑠奈が訊いてきた。

「由香利さんは、あくまで同級生で普通の美女だよ。この世のものではない瑠奈ちゃんとは違う」

どっちが好きとも答えなかったが、瑠奈もそれ以上追求してこなかった。

そして彼の股間に手を這わせると、

「硬くなってるわ……」

さすりながら言った。

「飲んでもいい？」

瑠奈が言い、やはり吸血鬼ではなく吸精鬼なのだと彼は思った。

「うん、その前に瑠奈ちゃんを舐めたい」

言うと彼女もすぐに身を起こすと、ジャージのズボンと下着を一緒に下ろし、脱ぎ去ってしまった。

「跨いで」

圭一郎が仰向けのまま言うと、瑠奈もすぐに彼の顔に跨がり、しゃがみ込んでくれた。

月光を浴びた神聖な割れ目が鼻先に迫り、彼は腰を抱き寄せて柔かな若草に鼻を埋め、蒸れた汗とオシッコの匂い、そして淡いチーズ臭を貪った。

柔肉を舐めると、すでに内部はヌラヌラと大量の蜜に潤い、舌の動きが滑らかになった。やはり月の魔力で、部屋にいるときよりもずっと興奮が高まっているのだろう。

淡い酸味の蜜汁をすすり、膣口からクリトリスまで舐めると、

「あん、いい気持ち……」

瑠奈がビクリと反応して喘ぎ、彼も味と匂いを堪能した。

尻の真下にも潜り込み、顔中にひんやりした双丘を受けながら谷間の蕾に鼻を埋め、蒸れた匂いで鼻腔を満たしてから舌を這わせた。

ヌルッと蕾に舌を潜り込ませ、滑らかな粘膜を探ってから、再び割れ目に戻って溢れるヌメリをすすった。

「ね、オシッコしてみて」

真下から言い、なおも割れ目に吸い付くと彼女も息を詰めて力んだ。

尿意が高まると、柔肉の味わいと温もりが微妙に変化してきた。

草の斜面だから完全な仰向けとは違い、噎せることなく受け止めることができるだろう。

やがて潤いが増し、瑠奈の下腹がピクンと震えた。

5

「あう、出るわ、いいのね……」

瑠奈が息を詰めて言うなり、チョロッと熱い流れがほとばしり、慌てて止めようとしたようだが、いったん放たれた流れは止めようもなく、チョロチョロと勢いが付いて圭一郎の口に注がれてきた。

味わう余裕もなく喉に流し込むと、ほのかな匂いが鼻から抜けた。

彼女もかなり勢いをセーブしてくれているようで、圭一郎も零さずに受け、懸命に飲み込み続けた。

一瞬勢いが増し、危うく溢れそうになったが、辛うじて放尿が弱まり、間もなく流れは治まってしまった。

彼は一滴余さず、全て飲み干すことができて満足だった。

そして滴る余りの雫をすすり、残り香の中で割れ目内部を舐め回すと、

「アア、いい気持ち……、このままいきたいわ……」

瑠奈が喘いで言い、左右に両膝を突くと、割れ目をキュッと彼の口に押し付けてきた。

彼も執拗にチロチロとクリトリスを舐め続けると、溢れる愛液が顎から首筋まで生温かく伝い流れてきた。

「い、いく……、アアーッ……！」

たちまち瑠奈が声を震わせ、ガクガクと狂おしいオルガスムスの痙攣を開始したのだった。圭一郎が滴る愛液をすすり、なおも舌を動かし続けていると、

「も、もういいわ……」

ビクッと股間を引き離して言い、彼女はゴロリと草に横になって荒い息遣いを繰り返した。

彼女の呼吸が整う前に、圭一郎も下着とともにジャージを下ろし、ピンピンに屹立したペニスを露わにさせた。

すると瑠奈も手のひらに包み込み、ニギニギと動かしてくれた。

「ああ、気持ちいい。いきそうになるまで指でして……」

言いながら顔を引き寄せ、美少女の喘ぐ口に鼻を押し込み、吐息に含まれる濃厚な果実臭を胸いっぱいに嗅ぎながら高まった。

瑠奈も嫌がらず、熱い吐息を好きなだけ嗅がせてくれながら、リズミカルな愛撫を続けてくれた。

「ね、鼻水を吸い込んで口から出して……」

言うと瑠奈も素直に洟を吸い込み、小さくカッと喉を鳴らすと、淡い痰混じりの粘液をクチュッと吐き出してくれた。圭一郎は舌に受け、唾液とは僅かに違う味わいに酔いしれながら喉を潤した。

「ああ、なんて美味しい……」

「変態ね。そんなの美味しいわけないのに」

うっとりと言うと瑠奈が呆れたように言い、なおも彼は執拗に舌をからめ、美少女の唾液と吐息を貪りながら絶頂を迫らせた。

「いきそう……」

幹を震わせて言うと、すぐに瑠奈も顔を移動させ、彼の股間に熱い息を吐きかけながら、張り詰めた亀頭にしゃぶり付いてきた。

指先で幹の付け根や陰嚢をくすぐり、スッポリと呑み込んで舌をからめ、チロチロと先端を舐め回してくれた。

圭一郎がズンズンと股間を突き上げると、瑠奈も顔を小刻みに上下させ、スポスポと強烈な摩擦を開始した。

下向きだから、溢れる唾液が陰嚢の脇を生温かく伝い流れた。

「い、いく……、アアッ……！」

たちまち彼は絶頂に達し、大きな快感に喘ぎながら、ありったけの熱いザーメンをドクンドクンと勢いよくほとばしらせてしまった。

「ク……、ンン……」

熱い噴出を喉の奥に受け止めると、瑠奈は小さく声を洩らしながら、笑窪の浮かぶ頰をすぼめてチューッと吸い出してくれた。

「き、気持ちいい……」

圭一郎は、妖しく可憐な吸精鬼に最後の一滴まで吸い出されながら口走り、やがて反り返った全身の力を抜くと、グッタリと四肢を投げ出した。

瑠奈も上下運動を止めると、亀頭を含んだまま口に溜まったザーメンをコクンと一息に飲み込んでくれた。

「あう……」

キュッと締まる口腔に刺激されて呻き、彼は駄目押しの快感にピクンと幹を跳ね上げた。

ようやく瑠奈がチュパッと口を離し、なおも幹をしごいて余りを絞り出し、雫の滲む尿道口をチロチロと舐め回してくれた。

「あうう、も、もういい……、ありがとう……」

圭一郎はクネクネと腰をよじり、過敏に幹を震わせて言った。

やっと瑠奈も舌を引っ込め、残り香を味わうようにうっとりと身を起こして月を仰いだ。

彼は荒い息遣いを繰り返しながら余韻を噛み締め、横になったままノロノロと下着とジャージのズボンを引き上げた。

瑠奈も身繕いをし、立ち上がって伸びをすると、圭一郎も起き上がって尻の草を払った。

「さあ、帰りましょう」

瑠奈が言い、また手をつないで二人は丘を降りていった。

そして裏口から入り、屋敷の脇を通過して庭の立木まで来た。

また瑠奈がスルスルと木に登って、ベランダに飛び移ると、圭一郎も懸命にロープを上り、両手両足で結び目を伝いながら、やっとの思いでベランダまで近づいた。

ぶら下がりながら懸命に足を伸ばしてベランダを踏もうとすると、瑠奈が引っ張ってくれ、何とかベランダの端に足が届いた。

さらに手を伸ばすと、身を乗り出した瑠奈が握って引っ張ってくれ、ようやく彼もベランダの柵を摑むことができたのだった。

ロープを放して移り、柵を越えてベランダに降り立った圭一郎はほっと一息ついた。

「じゃまた明日、おやすみなさい」

「ああ、おやすみ」

瑠奈が言って自分の部屋に入っていくと、圭一郎も答え、窓から自室に潜り込んだ。

そして部屋を出て洗面所で手だけ洗ってから部屋に戻り、ジャージを脱いでベッドに横になった。目を閉じると、まだ瞼の裏に大きく真ん丸い月の残像が残っているようだった。

（いよいよ、あの美少女の処女が頂けるんだな……）

圭一郎は夢のような期待と興奮に包まれ、すぐに本当の夢の世界へ吸い込まれていったのだった……。

——翌朝、いつものように夜明けとともに目を覚ました圭一郎は、着替えてトイレを済ませてから階下に行き、由香利に挨拶した。

「おはよう、そろそろ完成するかしら？」

「ええ、今日明日にも」

「そう、じゃ明日の晩はパーティしましょうね」

由香利が言い、圭一郎は、絵の完成とともに瑠奈のヌード画のことも話したかったが言えなかった。

やがて朝食を終えると、彼はシャワーを浴びて歯磨きをし、二階に上がって瑠奈の部屋に行った。

「おはよう」

言うと瑠奈も髪を結いドレスを着て、すっかり準備を整えていた。

ポーズの位置を定めると、圭一郎もすぐ制作に取りかかった。

もうすぐ、この美少女に挿入できるのだと思うと股間が熱くなってしまったが制作の動きが止まるようなことはなかった。

お茶の休憩を挟み、午前中いっぱいろくに会話も無く圭一郎は作画を進め、やがて下りて昼食を済ませると、また歯磨きしてから二階に戻って作業を続行したのだった。

精力的に進めるうち、人物から背景の細部まで描き込むことができ、予想よりも早めに、午後三時前後には完成してしまった。

「出来たよ。見て」

言うと瑠奈も椅子から立って絵を見に来ると、

「わあ、すごいわ……！」

目を見張り、嘆息して言った。

「早く飾りたい」

「うん、プリントと額装は明日にしよう」

「ええ、でも今日したいわ」

瑠奈が甘えるように身を寄せて言うので、彼もいったん部屋を出てトイレを済ませ、手を洗うと、下から由香利と今日香が買い物に出ると言ってきた。

これで夕食の時間まで、誰も二階には上がってこないだろう。

瑠奈の部屋に戻ると、すでに彼女はドレスを脱ぎ去り、下着まで下ろしているではないか。

彼女も相当に初体験を心待ちにしていたようで、圭一郎も手早く全裸になり、二人でベッドにもつれ込んでいったのだった。

第四章　母娘それぞれの処女を

1

「やっと初体験だわ……、これで大人の仲間入り……」

一糸まとわぬ姿で身を投げ出し、瑠奈が好奇心に目をキラキラさせて言った。

圭一郎も、期待と興奮で最大限に勃起し、激しく胸を高鳴らせながら美少女に迫っていった。

まずは、昨夜丘で触れられなかった乳首にチュッと吸い付き、舌で転がしながらもう片方を探った。

「ああッ……」

すぐにも瑠奈が熱く喘ぎはじめ、クネクネと身悶えながら甘ったるい匂いを揺らめかせた。彼は左右のコリコリと硬くなった乳首を交互に含んでは舐め回し、顔中で膨らみを味わった。

充分に両の乳首を味わってから腋の下にも鼻を埋め込み、生ぬるく湿って濃厚に甘ったるい汗の匂いで胸を満たした。

美少女の体臭を貪ってから処女の柔肌を舐め下り、愛らしい縦長の臍を探り、下腹に顔中を押し付けて思春期の弾力を味わった。

もちろん股間は最後に取っておき、彼は瑠奈の腰の丸みから脚を舐め下りていった。

先日、今日香に合格点をもらった愛撫のパターンである。

体操で鍛えバネの秘められたスベスベの脚を味わい、足裏に舌を這わせ、可憐な指の間に鼻を押し付けて嗅ぐと、汗と脂に湿って蒸れた匂いが悩ましく鼻腔を刺激してきた。

胸を満たしてから爪先にしゃぶり付き、順々に指の股に舌を割り込ませて味わうと、

「あう、くすぐったいわ……」

瑠奈がビクリと反応して呻き、彼の口の中で爪先を縮めた。

圭一郎は両足とも、美少女の全ての指の股に籠もる味と匂いを貪り尽くすと、いったん顔を上げて瑠奈をうつ伏せにさせた。

踵からアキレス腱、張りのある脹ら脛から汗ばんだヒカガミを舐め、滑らかな太腿から可愛い尻の丸みを舐め上げた。

腰から滑らかな背中をたどっていくと淡い汗の味がし、

「あん……」

やはり由香利のように背中は感じるのか、瑠奈が顔を伏せて喘いだ。

彼は長い髪の匂いを嗅ぎながら肩まで行き、耳の裏側の蒸れた湿り気を嗅いで舌を這わせ、また背中を舐め下りていった。

うつ伏せのまま股を開かせて真ん中に腹這い、指でムッチリと谷間を広げ、可憐な薄桃色の蕾に鼻を埋め込んだ。

顔中に双丘が密着して弾み、蕾に籠もる蒸れた匂いが鼻腔を刺激してきた。

充分に嗅いでから舌を這わせ、細かに収縮する襞を濡らすとヌルッと潜り込ませて滑らかな粘膜を探った。

「あう……」

瑠奈がか細く呻き、モグモグと肛門で舌先を締め付けてきた。

圭一郎は舌を出し入れさせるように蠢かせてから、ようやく顔を上げると、再び瑠奈を仰向けに戻した。

片方の脚をくぐって股間に陣取ると、彼は張りのある内腿を舐め上げて股間に迫った。すでにはみ出した陰唇はヌラヌラと大量の蜜に潤い、蒸れた熱気を籠もらせていた。

指で割れ目を広げると花弁状の襞が入り組んで息づき、これが処女の見納めになるだろう。

顔を埋め込み、若草に籠もって蒸れた汗とオシッコの匂いを嗅ぎ、ほのかなチーズ臭を貪った。舌を這わせて淡い酸味のヌメリを掻き回し、膣口からクリトリスまで舐め上げると、

「アアッ……、いい気持ち……」

瑠奈が身を弓なりに反らせて熱く喘ぎ、内腿でキュッときつく彼の顔を挟み付けた。

圭一郎は腰を抱え込んでクリトリスをチロチロと舐め、溢れる蜜をすすった。

「い、入れて……」

待ち切れないように瑠奈が言うと、彼も身を起こして前進し、彼女の胸に跨がった。そして急角度に反り返った幹に指を添えて下向きにさせ、先端を彼女の鼻先に突き付けた。

「舐めて濡らして」

言うと瑠奈も顔を上げてパクッと亀頭をくわえ、たっぷりと唾液を出しながらクチュクチュと舌をからませてくれた。

熱い息を股間に受けながら、圭一郎はゾクゾクと期待と興奮を高め、やがて充分に唾液にまみれると、再び彼女の股間に戻った。

大股開きにさせて脚を浮かせ、股間を進めて先端を割れ目に擦り付け、膣口に位置を定めた。

「いい？　入れるよ」

囁くと、瑠奈も小さくこっくりして身構えるように息を詰めた。

圭一郎がグイッと腰を進めると、張り詰めた亀頭が処女膜を丸く押し広げて潜り込み、あとは潤いでヌルヌルッと滑らかに根元まで吸い込まれていった。

「あう……！」

瑠奈が眉をひそめて呻き、キュッときつく締め付けてきた。

さすがに入り口の締まりは最高で、中は熱いほどの温もりに満ちていた。彼女はもう声もなく身を強ばらせ、奥歯を嚙み締めて破瓜の痛みを堪えているようだ。

圭一郎は、とうとう処女を攻略して美少女と一つになった感激と快感に全身を包まれた。

やがて股間を密着させたまま脚を伸ばし、身を重ねていくと、瑠奈が下から両手でしがみつき、彼の胸の下で乳房が押し潰れて心地よく弾んだ。

まだ動かず温もりと感触を味わっていると、膣内は異物を確かめるようにキュッキュッと収縮が繰り返されていた。

彼も瑠奈の肩に腕を回し、体の前面を合わせながら、上からピッタリと唇を重ねていった。

弾力を味わい、舌を挿し入れて滑らかな歯並びを舐め回すと、彼女も歯を開いてチロチロと舌をからめてくれた。

圭一郎は生温かな唾液をすすり、滑らかに蠢く舌を味わいながら彼女の息で鼻腔を湿らせ、様子を見ながら徐々に腰を突き動かしはじめていった。

僅かに引いてはズンと突き入れると、すぐヌメリで動きが滑らかになった。

「ンンッ……」

瑠奈が熱く呻き、やがて口を離して喘ぎはじめた。

「大丈夫？　痛かったら止すからね」

気遣って囁くと、瑠奈は健気に小さく頷き、下からも僅かにズンズンと股間を突き上げはじめてきたのだった。

「アア、奥が、熱いわ……、もっと強くしても大丈夫……」

瑠奈が言い、彼も熱く湿り気ある吐息を嗅ぎ、濃厚に甘酸っぱい匂いで鼻腔を満たしながら徐々にリズミカルな動きを開始していった。

由香利に似て愛液が多いので、間もなくクチュクチュと湿った摩擦音が聞こえはじめた。

圭一郎も、あまりの快感で動きが止まらなくなり、いつしか気遣いも忘れ、股間をぶつけるように激しく律動してしまった。

どうせ初回から膣感覚のオルガスムスは得られないだろうから、長く保たせることもなく、彼は我慢せず全身で快感を受け止めた。

そして果実臭の息を嗅ぎ、摩擦快感に包まれながら、たちまち彼は激しく昇り詰めてしまった。

「く……、気持ちいい……」

大きな絶頂の快感に呻き、彼は熱い大量のザーメンをドクンドクンと勢いよく中にほとばしらせた。

「あう……」

熱い噴出を感じたように瑠奈が呻き、キュッときつく締め付けてきた。

中に満ちるザーメンで、さらに動きがヌラヌラと滑らかになった。

次第に彼女も痛みが麻痺してきたように、股間を突き上げ続けた。

圭一郎は夢のような快感を嚙み締め、心置きなく最後の一滴まで出し尽くしていった。

すっかり満足しながら徐々に動きを弱め、力を抜いてもたれかかると、

「ああ……」

瑠奈も嵐が過ぎ去ったように声を洩らし、肌の強ばりを解いてグッタリと身を投げ出していった。

まだ膣内は異物を探るような収縮がキュッキュッと繰り返され、彼自身はヒクヒクと過敏に震えた。そして彼は、美少女の甘酸っぱい息を間近に嗅ぎながら、うっとりと快感の余韻を味わったのだった。

呼吸を整えても、いつまでも処女を頂いた興奮に動悸が治まらなかった。

やがて圭一郎はそろそろと身を起こし、ティッシュを手にしながら股間を引き離していった。

手早くペニスを拭いながら見ると、痛々しく陰唇がはみ出し、膣口から逆流するザーメンにはうっすらと破瓜の血が混じっていた。

それでも量は少なく、すでに止まっているようだ。

圭一郎は鮮血を目に焼き付けてから優しく拭ってやり、ふと顔を上げると本棚の隅に見慣れぬものを見つけた。

それは、ＤＶＤカメラであった。

どうやら彼が中座したとき、瑠奈が仕掛けたのだろう。あるいは由香利か杏樹に言われていたのかも知れない。

娘の初体験まで見せられ、昏睡中のジョージは一体どんな反応を示すのだろうかと圭一郎は思った。

「シャ、シャワーを……」

と、瑠奈が言ってノロノロと身を起こしたので、彼も支えながら一緒にベッドを下り、部屋を出て階段を下りていったのだった。

2

「まだ中に何か入っているみたいだわ……」

バスルームでシャワーを浴びた瑠奈が言い、もちろん圭一郎はすぐにもムクムクと回復してきてしまった。

彼女の声も明るく、後悔の様子などないどころか、スッキリした表情で初体験を振り返っているようだった。

「ね、オシッコ出して」

圭一郎はバスマットに座って言い、目の前に瑠奈を立たせた。やはりバスルームとなると、それを求めてしまうのが彼の常識である。

そして片方の足を浮かせ、バスタブのふちに乗せさせると、開いた股間に顔を埋めた。

恥毛に籠もっていた匂いは薄れてしまったが、それでも処女を喪ったばかりなのに舐めると新たな愛液が溢れ、舌の動きを滑らかにさせた。

「あう、すぐ出そう……」

瑠奈が息を詰めて言うなり、割れ目内部の柔肉が迫り出して味わいと温もりが変化した。

なおも舐め回していると、間もなくチョロチョロと熱い流れがほとばしってきた。体験を終え、大人になった最初の放尿である。

圭一郎は口に受けて味わい、淡い匂いを感じながら喉に流し込んでいった。

「アア……」

瑠奈は声を洩らし、膝を震わせながらゆるゆると放尿を続けた。

勢いが増すと口から溢れた分が心地よく肌を伝い流れ、完全に元の硬さと大きさを取り戻したペニスが温かく浸された。

間もなく勢いが治まり、流れが止まると圭一郎は匂いを貪り、余りの雫をすすって舌を這い回らせた。

「あん、もうダメ……」

瑠奈が言って足を下ろし、椅子に腰を下ろした。

「すごいわ、こんなに勃って……。もう一度出したいのね。いいわ」

彼女がペニスを見て言い、圭一郎をバスマットに仰向けにさせてきた。

洗い場が広いので、難なく体を伸ばすことが出来る。

瑠奈は屈み込み、先端をチロチロと舐め回してからスッポリと呑み込み、吸い付きながら舌をからめてくれた。

「ああ、気持ちいい……」

圭一郎も身を投げ出して快感に喘ぎ、美少女の口の中でヒクヒクと幹を震わせて高まった。

すると瑠奈がチュパッと口を離し、顔を上げて言ったのだ。

「ね、もう一度入れたいわ。跨いでいい？」

「だ、大丈夫なの？　初体験が済んだばかりなのに……」

圭一郎が驚いて言うと、瑠奈は前進して彼の股間に跨がってきた。

「ええ、もう何度も飲んだので、これからは下に受けたいの」

彼女が言う。

いったん体験したら、あとは少しでも多く挿入したいということのようだ。するほどに快感が増すことも、今日香から聞いているのかも知れない。

瑠奈は先端に割れ目を押し付け、息を詰めて腰を沈めながら、二度目の挿入をしていった。

ヌルヌルッと滑らかに根元まで受け入れると、

「アアッ……」

瑠奈が顔を仰け反らせて喘ぎ、ぺたりと座り込んで股間を密着させてきた。

圭一郎も肉襞の摩擦ときつい締め付け、温もりと潤いに包まれながら快感を嚙み締めた。

瑠奈は彼の胸に両手を突っ張り、上体を反らせ気味にしながら、自分から腰を動かしはじめた。擦り付けたり、上下に動いたり、様々な挿入感覚を試しているようだ。

どうやら痛みはなく、むしろ男と一体となった充足感を覚えているのだろう。

摩擦に彼が高まってくると、やがて瑠奈は身を重ねてきた。

圭一郎も下から両手を回して抱き留め、僅かに両膝を立てて彼女の蠢く尻を支えた。

ズンズンと股間を突き上げはじめると、

「ああ、擦られてる……」

瑠奈が喘ぎ、自分からも腰を動かした。すっかり痛みなどなく、心地よさすら覚えはじめているようだった。

彼も瑠奈の成長の速さに驚きながら、リズミカルに動き続けた。

「ね、唾を出しながら顔中にキスして」

下から言うと、瑠奈も顔を迫らせ、愛らしい唇に小泡の多い唾液を滲ませながら、彼の顔中にチュッチュッと心地よいキスの雨を降らせてくれた。

「ああ、なんて気持ちいい……」

圭一郎は、瑠奈の甘酸っぱい吐息ともに唾液に濡れた唇を顔中に感じながら喘いだ。

たちまち彼の顔中は美少女の清らかな唾液でヌルヌルにまみれ、悩ましい匂いに胸が震えた。その間も瑠奈はリズミカルな律動を繰り返し、収縮と潤いを増していった。

「い、いく……！」

圭一郎は激しい快感に口走り、美少女の唾液のヌメリと吐息の匂いに酔いしれながら、ありったけの熱いザーメンをドクンドクンと勢いよくほとばしらせてしまった。

「あう、熱いわ……、いい気持ち……」

すると奥深い部分にザーメンの直撃を受けた瑠奈が呻き、ヒクヒクと痙攣を開始したのである。

本格的なオルガスムスにはまだ程遠いかも知れないが、少なくとも痛みはなく彼の快感が伝わったように身悶えていた。

圭一郎は心ゆくまで快感を嚙み締めながら、最後の一滴まで瑠奈の中に出し尽くしていった。

「ああ……」

彼は喘ぎながら、徐々に突き上げを弱めて身を投げ出していった。

「何だか、すごく気持ちいい……」

瑠奈も動きを停めて言い、奥に芽生えた快感の兆しに戸惑いながらもたれかかってきた。

この分なら、もうあと数回で彼女も、本格的な膣感覚によるオルガスムスが得られることだろう。

息づく膣内でヒクヒクと過敏に幹を跳ね上げると、

「あう、まだ動いてるわ……」

彼女は呻き、キュッキュッときつく締め上げてきた。

圭一郎は重みと温もりを受け止め、甘酸っぱい果実臭の吐息を間近に嗅ぎながら、うっとりと快感の余韻に浸り込んでいった。

「明日の夜が、絵の完成パーティのようだから、僕は明後日あたり一度東京へ戻ろうかと思うんだ」

「そう、でもまた来てくれるわね」

彼が言うと、瑠奈が顔を上げて言った。

処女を喪った瑠奈のヌード画を頼まれるのなら、また日をあらためてからで良いだろう。

初めて見る美少女の全裸ならば興奮して描いてみたいが、すでに彼は瑠奈の肌の隅々まで知ってしまったのだから、そう急いで取りかからなくても良い気がするのである。

やがて彼に体重を預けたまま呼吸を整えると、瑠奈がそろそろと股間を引き離し、身を起こしていった。

圭一郎も顔を上げて割れ目を覗き込んでみると、どうやら今回は出血もないようだった。

二人でもう一度シャワーを浴びると、身体を拭いてバスルームを出た。

そして一緒に二階の部屋に戻って身繕いすると、間もなく由香利と今日香が車で戻ってきたのだった。

3

「ね、杉田君、私のお部屋に来て」

夕食後の風呂を終えて出ると、圭一郎は由香利に呼ばれた。

すでにみな各部屋に引き上げて、由香利は階下の灯りを全て消していた。

彼は部屋に入ったが、特に話があるわけではなく、すぐにも由香利が服を脱ぎはじめたのである。

瑠奈の処女喪失のことで何か言われるのかと思ったが、見る見る露わになってゆく熟れ肌を見るうち、圭一郎も激しい淫気に包まれて、自分も脱ぎはじめたのだった。

たちまち一糸まとわぬ姿になった由香利が、ベッドに横たわり豊満な熟れ肌を投げ出した。

もう充分過ぎるほど互いの淫気が伝わり合っているので、圭一郎も全裸になるとすぐベッドに迫っていった。

まず彼女の足裏に屈み込み、舌を這わせて形良く揃った指に鼻を押し付けた。

もちろん由香利の入浴は寝しなの最後なので、彼女からはナマの匂いが漂っていた。

汗と脂に湿り、蒸れた匂いを貪ってから彼は爪先にしゃぶり付き、両足とも味と匂いを堪能し尽くしてしまった。

そして股を開かせ、脚の内側を舐め上げ、白くムッチリと量感ある内腿をたどり、熱気と湿り気の籠もる股間に顔を迫らせた。

はみ出した陰唇を開こうとすると、ヌルッと指が滑るほど大量の愛液が溢れていた。少し奥へ指を当て直して広げると、かつて瑠奈が生まれ出てきた膣口からは白っぽく濁った本気汁が滲んでいた。

堪らずに顔を埋め込み、柔らかな茂みに鼻を擦りつけて嗅ぐと、今日も蒸れた汗とオシッコの匂いが悩ましく濃厚に沁み付き、刺激的に彼の鼻腔を掻き回してきた。

胸を満たしながら舌を挿し入れ、淡い酸味のヌメリを探り、膣口の襞からクリトリスまで舐め上げていくと、

「アア、いい気持ち……」

由香利がうっとりと喘ぎ、内腿で彼の両頬を挟み付けてきた。

圭一郎は豊満な腰を抱え込み、チロチロとクリトリスを舐め回しては愛液をすすり、憧れのマドンナの味と匂いに酔いしれた。

さらに由香利の両脚を浮かせ、オシメでも替えるような格好にさせてから、豊満な逆ハート型の尻に迫った。

谷間の蕾に鼻を埋めて嗅ぐと、生々しく蒸れた匂いが鼻腔を刺激してきた。

彼は貪るように嗅いでから舐め回し、襞を濡らして舌を潜り込ませた。

「あう……」

由香利が呻き、モグモグと肛門で舌先を締め付けてきた。

圭一郎は舌を蠢かせ、甘苦く滑らかな粘膜を探り、やがて舌を離した。

「そこ、指入れて……」

と、由香利が言うので彼は脚を下ろしてやり、左手の人差し指を舐めて濡らしてから彼女の肛門にズブズブと潜り込ませていった。

「く……、いい気持ち、もっと奥まで……」

彼女が呻き、指を締め付けてきた。

圭一郎も根元まで押し込み、膣とは違う感触を味わうと、さらに右手の二本の指を膣口に潜り込ませていった。

前後の穴に指を潜り込ませてから、再びクリトリスに吸い付くと、

「アア……、いいわ……」

由香利が熱く喘ぎ、前後の穴で彼の指が痺れるほどきつく締め付けてきた。

圭一郎は肛門に入った指を小刻みに出し入れさせるように動かし、二本の指で膣口の内壁を擦り、天井のGスポットも圧迫した。

最も感じる三箇所を同時に愛撫され、由香利は大量の愛液を漏らしながらクネクネと身悶えた。

腹這いで両腕を縮めているので痺れてきたが、先に彼女が口を開いた。

「いいわ、入れて……」

言われた圭一郎は、前後の穴からヌルッと指を引き抜いた。

二本の指は白っぽい愛液にまみれ、指の腹は湯上がりのようにふやけてシワになっていた。

肛門に入っていた指に汚れはないが、嗅ぐとさらに生々しい匂いが感じられ、彼の興奮をゾクゾクと高めた。

やがて彼は身を起こして前進し、まだ舐めてもらっていないが、幹に指を添えて先端を濡れた膣口に押し込んでいった。

ヌルヌルッと一気に根元まで潜り込ませると、

「アアッ……、奥まで感じるわ……」

由香利が顔を仰け反らせて喘ぎ、彼も股間を密着させ、温もりと潤いを感じながら身を重ねていった。

屈み込んで乳首に吸い付き、舌で転がしながら柔らかく豊かな膨らみを顔中で味わった。左右の乳首を含んで舐め回し、腋の下にも鼻を埋め、色っぽい腋毛に鼻を擦りつけ、ミルクのように甘ったるい汗の匂いに噎せ返った。

胸を満たしてから移動し、上からピッタリと唇を重ね、舌を潜り込ませて歯並びを舐めた。

彼女もすぐに受け入れ、ネットリと舌をからめてくれた。

滑らかに蠢く美熟女の舌を味わい、生温かな唾液をすすりながら徐々に腰を突き動かしはじめると、

「アア……、いいわ……」

由香利が口を離し、淫らに唾液の糸を引きながら喘いだ。

熱く湿り気ある吐息は、今日も白粉のような甘い刺激を含んで彼の鼻腔に沁み込んできた。

圭一郎も次第に律動を早め、濡れた肉襞の摩擦に高まっていくと、

「待って、お尻に入れて……」

由香利が彼の動きを制するように言ったのだ。

「え？　大丈夫かな……」

「一度してみたいの。お願い……」

言われて、彼も興味を覚えると身を起こし、いったんペニスを引き抜いた。

すると由香利が自ら両脚を浮かせて抱えると、豊満な尻を突き出してきたのである。

見ると割れ目から伝い流れる愛液に、ピンクの肛門もヌメヌメと艶めかしく濡れていた。

圭一郎は股間を進め、愛液にまみれた先端を蕾に押し当てた。

由香利は口呼吸をして括約筋を懸命に緩め、彼がズブリと潜り込ませると、張り詰めた亀頭が蕾を丸く押し広げた。

「あう、いいわ、奥まで来て……」

由香利が言い、彼もヌメリに合わせてズブズブと根元まで押し込んでいった。

さすがに入り口はきついが、中は案外楽だった。

思ったほどのベタつきもなく、むしろ滑らかで、膣とは違う感触に彼は陶然となった。

初めてということは、ここが由香利の肉体に残った最後の処女の部分だ。

昼間は娘の処女を頂き、夜には母親のアヌス処女が貰えるなど、何という幸運な日であろうか。

しかも強く押し付けると、豊満な尻の丸みと弾力が股間に密着し、何とも心地よかった。

「ああ、突いて、中に出して……」

由香利が収縮しながらせがみ、自ら巨乳を揉みしだいた。

さらに空いている割れ目もいじり、愛液を付けた指の腹でクリトリスを擦りはじめたのである。

憧れの由香利のオナニーを見て、彼は興奮を高めながら徐々に腰を突き動かした。律動するうち、彼女も緩急の付け方に慣れてきたか、次第に滑らかに動けるようになっていった。

クチュクチュと摩擦音が聞こえ、それに割れ目をいじる愛液の音も混じった。

由香利は巨乳を揺すって息を弾ませ、初のアナルセックスと同時に自らのクリトリスへの刺激で、次第にヒクヒクと熟れ肌を痙攣させていった。

圭一郎も動くうち、とうとうきつい締め付けと摩擦に昇り詰めてしまった。

「く……！」

絶頂の快感に貫かれながら呻くと、彼はドクンドクンと熱いザーメンを勢いよく中にほとばしらせた。

「か、感じるわ……、アアーッ……！」

噴出を受け止めた途端、彼女も激しくクリトリスを擦りながら声を上げ、ガクガクと狂おしいオルガスムスの痙攣を開始した。

まるで膣内と連動するように肛門内部もキュッキュッと締まり、彼も股間をぶつけるように動き続けた。中に満ちるザーメンで、さらに動きもヌラヌラと滑らかになっていた。

やがて圭一郎が心置きなく最後の一滴まで出し尽くし、徐々に動きを弱めていくと、

「ああ……」

由香利も満足げに声を洩らし、熟れ肌の強ばりを解いてグッタリと力を抜いていった。

圭一郎も荒い呼吸を繰り返して脱力すると、抜こうとしなくてもヌメリと締め付けでペニスが押し出されてきた。

とうとう彼自身がツルッと抜け落ちると、何やら美女に排泄されたような興奮が湧いた。

見ると肛門が丸く開いて粘膜を覗かせていたが、見る見るつぼまって元の可憐な形に戻っていったのだった。

4

「さあ、中も洗うのでオシッコ出しなさい」

バスルームで、甲斐甲斐しく圭一郎のペニスを洗ってくれた由香利が言った。

彼も回復しそうになるのを堪えながら懸命に尿意を高め、何とかチョロチョロと出すことが出来た。

由香利はもう一度シャワーを浴びせて洗い、屈み込んで消毒でもするようにチロリと尿道口を舐めてくれた。

「あう……」

その刺激に彼は呻き、たちまちムクムクと回復してしまった。

「ね、由香利さんもオシッコ出して……」

圭一郎は言い、バスマットに仰向けになりながら彼女の手を引き、顔に跨がらせた。

由香利もしゃがみ込んでくれ、M字になった脚がさらにムッチリと量感を増して張り詰め、新たな愛液に濡れた割れ目が鼻先に迫った。

圭一郎は下から腰を抱き寄せて割れ目を舐め、淡い酸味のヌメリをすすった。

「あう、出そうよ……」

由香利はすぐにも尿意を高め、息を詰めて言った。

返事の代わりに舌の動きを激しくさせると、間もなく味わいが変わり、チョロチョロと熱い流れが彼の口に注がれてきた。

「ああ……」

由香利が熱く喘ぎ、次第に勢いを付けて放尿した。

彼は仰向けなので噎せないよう注意して飲み込んだが、口から溢れた分が頬を伝い流れ、左右の耳も温かく濡らされた。

ようやく勢いが衰え、やがて流れが治まると匂いを感じる余裕が出てきた。

ポタポタ滴る雫に愛液が混じり、ツツーッと糸を引いて滴るのをすすり、残り香の中で割れ目内部を舐め回した。

「アア……、もう充分……」

由香利が言って股間を引き離すと、圭一郎も起き上がって一緒にシャワーを浴びた。そして身体を拭いて、また彼女の部屋に戻った。

二人とも、まだまだ淫気は充分に満たされておらず、そんな思いも伝わり合っていた。

「ね、高校時代の制服は持っていない？」

彼は、ベッドに横になって訊いてみた。

「記念に取ってあるけど、とても着られないわ」

「一応着てみてほしい」

言うと、由香利はロッカーを開け、奥の方に仕舞ってあった制服を取り出してくれた。

それは彼にとっては懐かしい白い長袖のセーラー服で、袖と襟は濃紺に白線が三本入り、スカーフは白、スカートは濃紺だった。

由香利は、まず全裸の上からスカートを穿いてみた。

「ああ、きついわ……」

彼女は言い、脇ホックは嵌められず、脇のファスナーも半分ほどしか上がらなかった。それでもセーラー服を被り、ゆるくスカーフを締め、さらにアップにしていた髪を下ろしてくれた。

「わあ、面影がある……」

圭一郎は、高校時代の由香利を思い出し、激しく勃起しながら言った。

そう、彼女の制服姿を、当時毎日見ていたのである。

しかも制服の胸は巨乳に張り詰め、熟れた顔立ちも可憐な制服が、やけにアンバランスな魅力を醸し出していた。

「しばらく、そのままでいて」

「恥ずかしいわ……」

彼女は、全裸よりもキツキツの制服姿を恥じらって言い、やがて彼の股間に顔を迫らせてきた。

大股開きになって恐る恐る股間を見ると、解いた髪がサラリと下腹を覆い、その中に熱い息が籠もった。そして制服姿の由香利がそっと幹に指を添え、粘液の滲む尿道口をチロチロと舐め回してくれた。

「ああ……、気持ちいい……」

圭一郎は、まるで高校時代に戻ったような感激と興奮に包まれて喘いだ。

由香利は張り詰めた亀頭をしゃぶり、さらに彼の両脚を浮かせ、肛門も念入りに舐め回し、ヌルッと潜り込ませてきた。

「く……」

彼は呻き、モグモグと味わうように肛門で美熟女の舌を締め付けた。

由香利も熱い鼻息で陰嚢をくすぐりながら、中でクチュクチュと舌を蠢かせてくれ、そのたびに内側から刺激されたペニスがヒクヒクと上下した。

やがて彼女は舌を引き抜いて脚を下ろし、念入りに陰嚢をしゃぶって睾丸を転がすと、再びペニスを舐め上げてきた。

滑らかな舌が先端に来ると、今度は丸く開いた口でスッポリと喉の奥まで呑み込み、吸い付きながら舌をからめてくれた。

「ああ……」

圭一郎は快感に喘ぎながらズンズンと股間を突き上げると、由香利も顔を上下させてスポスポと濡れた口で強烈な摩擦を繰り返してくれた。

「い、いきそう……」

すっかり高まって言うと、彼女もすぐスポンと口を離して身を起こし、前進して跨がってきた。

裾をまくり上げると、唾液に濡れた先端に割れ目を押し当て、腰を沈めてゆっくりと肉棒を膣口に呑み込んでいった。

ヌルヌルッと根元まで嵌まり込むと、

「アア……、いい、奥まで届くわ……」

由香利が完全に座り込むと、ピッタリ密着した股間をグリグリと擦り付け、きつく締め上げながら喘いだ。

しかも制服姿で、交わった股間はスカートに覆われて見えないのが、かえって艶めかしかった。

圭一郎は潤いと温もり、締め付けに包まれて幹を震わせ、やがて彼女が身を重ねてきたので両手で抱き留め、両膝を立てて豊満な尻を支えた。

やはり由香利も、さっきのアナルセックスは新鮮な悦びだったろうが、まだ膣感覚の絶頂を迎えていないので、これからが本番のように収縮を強め、大量の愛液を漏らしてきた。

下から唇を重ねると、彼女もピッタリと密着させてくれた。

チロチロと舌をからめ合うと、由香利も心得ているようにトロトロと口移しに唾液を垂らしてくれた。

圭一郎も、うっとりと味わいながら喉を潤し、徐々にズンズンと股間を突き上げはじめていった。

「アア……、すぐいきそうよ……」

由香利が口を離し、キッキッの制服が今にも裂けそうなほど身悶えて熱く口走った。

彼は制服の中に手を差し入れ、巨乳を揉みながら熱い白粉臭の吐息に酔いしれながら、突き上げを強めていった。

互いの股間をビショビショにさせる愛液で動きが滑らかになり、クチュクチュと淫らに湿った摩擦音がスカートの中から響いてきた。

「い、いきそう……、下の歯を僕の鼻の下に引っかけて……」

高まりながら言うと、由香利も下の綺麗な歯並びを彼の鼻の下に当ててくれ、大きく開いた口で鼻を覆ってくれた。

「ああ、なんていい匂い……」

圭一郎は、美熟女の濃厚な白粉臭の息に酔いしれて絶頂を迫らせた。

「アア……、すごい……」

由香利も惜しみなく熱い喘ぎを繰り返して腰を遣い、好きなだけ口の匂いを嗅がせてくれた。すると、たちまち収縮と潤いが格段に増して、先に彼女がオルガスムスに達した。

「い、いく……、アアーッ……！」

声を上ずらせ、ガクガクと狂おしい痙攣を開始して昇り詰めた。やはりアナルセックスのときから、本格的なオルガスムスを渇望していたのだろう。

続いて圭一郎も、濃厚な吐息に包まれながら、膣内の収縮に巻き込まれて絶頂に達した。

「く……、気持ちいい……！」

大きな快感に口走り、ありったけの熱いザーメンをドクンドクンと勢いよくほとばしらせると、

「あう、もっと出して……！」

噴出を感じた由香利が駄目押しの快感に呻き、さらにキュッキュッときつく締め上げてきた。彼は溶けてしまいそうな快感に包まれながら、心おきなく最後の一滴まで出し尽くしていった。

「ああ……」

圭一郎が満足しながら声を洩らし、突き上げを停めて身を投げ出すと、由香利も熟れ肌の硬直を解き、グッタリともたれかかってきた。

まだ膣内は名残惜しげな収縮が繰り返され、刺激された幹がヒクヒクと過敏に中で跳ね上がった。

そして彼は、白粉のような甘い刺激を含む由香利の吐息を胸いっぱいに嗅ぎながら、うっとりと快感の余韻を味わった。

「この制服、瑠奈ちゃんに着せて描きたい……」

「そうね、あの子ならピッタリかも……」

言うと、由香利も答え、重なったままようやく二人は呼吸を整えたのだった。

5

(うん、上出来だな……)

翌朝、圭一郎は朝食を済ませると自分の部屋で完成した絵をプリントし、用意されていた額に入れてみた。

可憐なドレス姿の瑠奈が読書をしている姿が見事に描かれ、バックのカーテンや本棚も細かに再現されていた。

正に自画自賛で、彼は自分のスマホにもデータを送信し、しばし絵を眺めながら感慨に耽った。

思えば、この絵の依頼でここへ来て、多くの快感が体験できたのだ。

明日あたり、いったん東京へ戻って、少し経ってからまたここへ来て、今度は瑠奈のセーラー服姿かヌードを描きたいと思った。

するとドアがノックされ、起きたらしい瑠奈がドレス姿で入ってきた。

「わあ、完成したのね。すごいわ」

すぐに絵の前まで着て彼女が歓声を上げ、

「ママにも見せてくるわね」

額を持って階下へ行った。圭一郎も、由香利に褒めてもらいたくて一緒に下りると、瑠奈が彼女に絵を見せていた。

「本当、そっくりだわ。杉田君に頼んでよかった」

由香利も絵の出来映えに目を見張り、感嘆の声を上げてくれた。

圭一郎も、皆に悦んで貰えて心からよかったと思ったのだった。

「じゃ私は今夜のパーティの買い物に出るわね。瑠奈もモデルを終えたのだから勉強に戻って」

由香利は言い、車で出て行ってしまった。

瑠奈は再び額を抱えて二階に戻り、自分の部屋に飾ろうとしたので圭一郎も手伝ってやった。

すると今日香も入ってきてメガネ越しに絵を見ると、

「すごい、よく描けているわね」

心から賞賛してくれた。

「さあ、じゃ遅れている分の勉強よ」

今日香が言うと、瑠奈も仕方なく机に向かい、圭一郎も邪魔になるので部屋を出て、リビングに下りるとテレビを点けた。

(今日は、もう何もないのかな……)

圭一郎は、ニュースやワイドショーなどザッピングしながら思った。

ここへ来た役目は終えたし、今夜はパーティのあと寝るだけだろうから、初めて何もない一日になるかも知れない。

それでも来たときは、何かあるなど思ってもいなかったのである。

毎日四人の女性と、入れ替わり立ち替わり肌を重ねてきたので、今日何もないというのも物足りない気がするが、自分から奥の部屋の杏樹を訪ねるわけにもいかない。

まあ、一生分の快感を得たようなものだから、これ以上贅沢な期待など持たなくて良いのだろう。

だから今夜は、初めてオナニーしてしまうかも知れないと彼は思った。

と、そのときである。今日香が階段を下りてきて、

「瑠奈ちゃんの部屋に来て下さい」

言うと、すぐ二階に引き返していった。

圭一郎はテレビを消し、階段を上がっていった。

そして瑠奈の部屋に入ると、彼は目を丸くした。

「る、瑠奈ちゃん……」

何と瑠奈は、由香利の制服に身を包んでいたのである。セーラー服もスカートもピッタリで、白いソックスも可憐だった。

どうやら約束通り、由香利は瑠奈に制服を渡していたようだ。

「よく似合うよ。その格好で勉強していたの？」

「ええ、この姿の私も描いてほしいの」

言うと、瑠奈がほんのり頬を染めて答えた。正に、由香利に良く似た女子高生がそこにいた。

「うん、もちろん。一度東京へ戻って、予定を立てたら連絡して来るからね。じゃ勉強があるだろうから僕は」

「待って、一緒にお勉強するのよ。三人で」

去ろうとする彼を瑠奈が引き留め、今日香が服を脱ぎはじめたのである。

「え……？」

「さあ脱いで、男女のお勉強をするの」

瑠奈は言ったが、自分はソックスだけ脱ぎ、制服のままベッドに上がった。

今日香が手早く脱いでいくので、圭一郎もゾクゾクと妖しい期待と興奮を抱きながら脱ぎはじめていった。

すっかり室内には、二人分の女性の匂いが混じって立ち籠めていた。

圭一郎が全裸になり、ピンピンに勃起しながら瑠奈のベッドに仰向けになると今日香も一糸まとわぬ姿になって迫った。もちろん今日香は全裸でも、メガネだけは掛けたままでいてくれた。

「いい？　二人で味わいたいので、じっとしててね」

セーラー服姿の瑠奈が言い、仰向けの彼を二人で左右から挟み付けてきた。

そして二人は屈み込むと、同時に圭一郎の両の乳首にチュッと吸い付いてきたのである。

「あう……」

彼はダブルの刺激に呻き、ビクリと全身を強ばらせた。

どうやら二人で男を賞味したいらしい。

元より二人は、以前からレズごっこもしていたようなので、実に息の合った愛撫であった。

二人分の熱い息に胸をくすぐられ、チロチロと左右の乳首を舐められると、快感もダブルになり彼はクネクネと身悶えた。

「か、嚙んで……」

思わず言うと、二人も綺麗な歯並びで両の乳首をキュッキュッと咀嚼するように嚙んでくれた。

「あう、気持ちいい、もっと強く……」

さらにせがむと、二人も力を込めて歯を立ててくれた。

甘美な刺激が胸からペニスに伝わり、彼自身は粘液を滲ませてヒクヒクと上下に震えた。

二人は充分に彼の乳首を舌と歯で愛撫してから、徐々に肌を下降していった。

脇腹や下腹にもキュッと歯が食い込むたび、彼はビクリと身を震わせ、二人に縦半分ずつ食べられているような錯覚に陥った。

唇と歯ばかりでなく、二人の髪もサラサラと肌をくすぐり、やがて二人は股間を避け、腰から左右の脚を舐め下りていった。

まるで日頃から彼がしている愛撫パターンのようで、股間は最後に取っておくらしい。

太腿から膝小僧、まばらな脛毛まで舐められ、足首まで下りると二人は申し合わせていたように、同時に彼の両足の裏を舐め回してきた。

さらにパクッと爪先が含まれ、指の股にヌルッと舌が割り込んでくると、

「あう、いいよ、そんなこと……」

圭一郎は申し訳ない快感に呻いたが、二人は彼を悦ばせるためというよりも、あくまで自分たちの意思で男を賞味しているように、全ての指の間に舌が潜り込んできた。

圭一郎は、生温かなヌカルミを踏んでいるような心地で、唾液にまみれた指先でそれぞれの滑らかな舌先をつまんだ。

やがて二人は両足ともしゃぶり尽くし、彼を大股開きにさせて脚の内側を舐め上げてきた。

左右の内腿にもキュッキュッと歯が立てられ、

「あう、もっと……」

圭一郎は痛み混じりの刺激に呻き、少しもじっとしていられないほど腰をよじらせて反応した。何やらこのまま、ペニスに触れられる前に暴発してしまいそうである。

やがて二人が頬を寄せ合って股間に迫り、熱い息を混じらせると、今日香が彼の両脚を浮かせてきたのだ。

やはりペニスは最後の最後らしい。

先に今日香がペロペロと肛門を舐め、ヌルッと潜り込ませると、

「く……」

圭一郎は快感に呻き、彼女の舌先を肛門で締め付けた。今日香は中で舌を蠢かせて引き離すと、すかさず瑠奈が同じように舌を這わせ、潜り込ませた。

圭一郎は、それぞれ微妙に異なる舌の温もりと蠢きを味わい、幹を震わせながら高まった。

ようやく脚が下ろされると、二人は顔を寄せ合い同時に陰嚢にしゃぶり付き、それぞれの睾丸を舌で転がした。

たちまち袋全体は、二人分のミックス唾液に生温かくまみれ、とうとう二人は顔を進めて肉棒に迫ってきたのだった。

第五章　二人分の淫臭

1

「あう、気持ちいい、すぐいきそう……」

瑠奈と今日香の滑らかな舌が、同時に肉棒の裏側と側面を舐め上げてくると、圭一郎は声を震わせて呻いた。

ゆっくり先端まで来ると、やはり姉貴分の今日香が先に、粘液の滲む尿道口をペロペロと舐め、舌を離すと瑠奈も舌を這い回らせてくれた。

さらに同時に、張り詰めた亀頭にしゃぶり付いてきた。女同士の舌が触れ合っても、レズごっこしていただけあり全く気にならないらしい。

股間を見ると、全裸の大学院生であるメガネ美女と、セーラー服の美少女が口を寄せ合い、熱い息を混じらせてペニスをしゃぶっていた。

まるで姉妹が一本のバナナでも食べているようだ。

亀頭はミックス唾液にまみれ、先に今日香が丸く開いた口でスッポリと喉の奥まで呑み込んで吸い付き、中でクチュクチュと舌をからませた。

そして吸い付きながらスポンと離すと、すぐに瑠奈が深々と含んで吸い、舌を蠢かせてきた。

やはり口腔の温もりや感触が微妙に異なり、そのどちらにも圭一郎は激しく高まった。

思わずズンズンと股間を突き上げると、瑠奈もスポスポと摩擦してくれた。

もう限界である。全身隅々まで愛撫され、最後にペニスを含まれると、彼はいかに我慢しても絶頂に達してしまった。

今日は何もない日かも知れないなどと思いつつ、最も強烈な3P体験をしているのである。

「い、いく……、アアッ……！」

圭一郎は喘ぎ、快感とともに勢いよく射精してしまった。

「ク……、ンン……」

喉の奥を直撃された瑠奈が呻いて口を離すと、すかさず今日香がパクッとくわえて余りを吸い出してくれた。

「あうう、気持ちいい……」

圭一郎は腰をくねらせながら快感に呻いた。強く吸われると魂まで吸い取られるような快感が湧き、彼は一滴余さず今日香の口に出し尽くしてしまった。

やがてグッタリと身を投げ出すと、今日香は亀頭を含んだままゴクリと飲み込んでくれ、

「く……」

圭一郎は締まる口腔に呻いて、駄目押しの快感を得た。

ようやく今日香が口を離すと、なおも余りを絞るように指で幹をしごき、尿道口に脹らむ白濁の雫も、二人でペロペロと舐め取ってくれた。

もちろん瑠奈も、口に飛び込んだ濃厚な第一撃は飲み込んでくれていた。

「も、もういい、ありがとう……」

圭一郎がクネクネと腰をよじらせ、過敏に幹を震わせて言うと、二人も舌を引っ込めてくれた。

「じゃ、回復するまで、してほしいことを言って」

瑠奈がチロリと舌なめずりして言うので、圭一郎は余韻の中で呼吸を整えながら、ベッドを下りてカーペットに仰向けになった。

「二人の足を顔に乗せて……」

言うと、二人もベッドに並んで腰掛け、両足ともいっぺんに彼の顔に乗せてくれた。

「ああ……」

圭一郎は、二人分の足裏を顔中に受け止めて喘いだ。

しかもベッドでなく、美少女の部屋の床に横たわるというのも、風景と感覚が新鮮だった。

ふと本棚を見上げると、やはり隅にはＤＶＤカメラのレンズがベッドに向けて置かれ、録画中のシグナルが点灯しているではないか。

何もかもが、ジョージにインプットするため記録されているようだった。

圭一郎は舌を這わせ、二人分の両足の裏を舐め回し、それぞれの指に鼻を埋め込み、ムレムレになった匂いを貪った。

二人もことさら執拗に、彼の鼻の穴に指を押し付けてくれた。

彼は混じり合って蒸れた匂いに酔いしれ、それぞれの爪先をしゃぶって指の股に籠もる汗と脂の湿り気を味わった。

それぞれは控えめな匂いでも、二人同時となると濃厚に鼻腔が刺激された。

そして二人分の両足ともしゃぶり尽くすまでに、彼はすっかりムクムクと回復していったのだった。

口を離すと二人も足を上げてくれ、彼はベッドに戻って仰向けになった。

「すごいわ、もうこんなに勃ってきた……」

瑠奈がペニスを見て声を洩らした。

「じゃ顔に跨がってね」

圭一郎が言うと、やはり先に今日香が跨がり、和式トイレスタイルでしゃがみ込んできた。

脚がM字になり、白い内腿がムッチリと張り詰めて割れ目が鼻先に迫った。

はみ出した陰唇が僅かに開き、濡れて息づく膣口と、ツンと突き立ったクリトリスが覗いていた。

腰を抱き寄せ、茂みに鼻を埋めて嗅ぐと、蒸れた汗とオシッコの混じった匂いが悩ましく鼻腔を掻き回してきた。

圭一郎はうっとりと胸を満たして嗅ぎながら、真下から舌を這わせていった。熱いヌメリに合わせ、息づく膣口の襞をクチュクチュ探り、柔肉をたどってクリトリスまで舐め上げていくと、

「アアッ……、いい気持ち……」

今日香が熱く喘ぎ、思わずキュッと座り込みそうになりながら両足を踏ん張った。彼はチロチロとクリトリスを探っては、溢れて滴る愛液をすすり、さらに尻の真下に潜り込んでいった。

顔中に双丘の弾力を受け止め、谷間の蕾に鼻を埋めて蒸れた匂いを貪り、舌を這わせてヌルッと潜り込ませた。

「あう……」

今日香が呻き、モグモグと肛門で舌先を締め付けながら、割れ目からは新たな愛液を漏らしてきた。

圭一郎が今日香の前も後ろも味と匂いを貪ると、やがて彼女は瑠奈のため、快感を振り切るように身を離していった。

するとセーラー服姿の瑠奈が跨がり、裾をまくり上げてしゃがみ込んできた。

昨夜由香利が着たことは、体臭は沁み付いておらず瑠奈も知らないようだ。

すでに下着は着けておらず、恐らく制服の中はノーブラだろう。

圭一郎は腰を抱き寄せ、ぷっくりした割れ目に鼻と口を押し付けた。

嗅ぐと、柔らかな若草には汗とオシッコとチーズ臭が蒸れて籠もり、悩ましく鼻腔を刺激してきた。

うっとりと胸を満たしながら舌を挿し入れ、処女を喪ったばかりの膣口の襞を舐め回し、小粒のクリトリスまで舐め上げていくと、

「アアッ……！」

瑠奈が熱く喘ぎ、新たな蜜を漏らしてきた。

圭一郎はクリトリスを刺激し、味と匂いを貪ってから同じように尻の真下に潜り込んだ。

顔中に双丘を受け止め、谷間の蕾に鼻を埋めて蒸れた匂いを嗅ぎ、舌を這わせてヌルッと潜り込ませると、

「あう……」

瑠奈は呻き、肛門で舌先を締め付けてきた。

彼が滑らかな粘膜を探っていると、いきなりペニスがパクッと今日香の口に含まれた。

すっかり回復しているので唾液に濡らすと、彼女は身を起こして跨がり、女上位で受け入れていったのだった。

「アア……、いい気持ち……」

今日香が股間を密着させて喘ぎ、前にいる瑠奈の背にもたれかかった。

圭一郎も、肉襞の摩擦と温もりに包まれながら、瑠奈の割れ目に舌を戻して蜜をすった。

今日香は脚をM字にさせ、スクワットするように腰を上下させ、強烈な摩擦を繰り返しはじめた。クチュクチュと摩擦音が響き、溢れた愛液が彼の肛門にまで生温かく流れてきた。

瑠奈も、クリトリスを舐められながらヒクヒクと痙攣を起こしはじめていた。

しかし圭一郎は、さっき強烈なダブルフェラで射精したばかりだから、今日香の摩擦が激しくても、しばらく暴発の心配はなさそうだ。

すると今日香がガクガクと痙攣を起こし、

「い、いっちゃう……、アアーッ……！」

たちまち声を上げ、オルガスムスに達してしまったようだ。

「い、いい気持ち、いく……！」

すると瑠奈もクリトリスの刺激で声を上げ、粗相したように愛液を漏らしながら身をよじったのだ。

二人は、仰向けの圭一郎の顔と股間に跨がり、同時に昇り詰めたのである。

やがて今日香が満足げに力を抜くと、瑠奈もグッタリと彼の顔に覆いかぶさってきたのだった。

2

「ねえ、一度シャワーを浴びたいわ……」

身を話した今日香が言い、瑠奈も荒い呼吸を整えて余韻に浸っていた。

「じゃ、その前に匂いを嗅ぎたい」

圭一郎は身を起こし、今日香の左右の乳首を含んで舐め回し、腋の下にも鼻を埋め、濃厚に甘ったるい汗の匂いに噎せ返った。

するとシャワーの前に瑠奈も制服上下を脱ぎ去ったので、圭一郎は彼女の両の乳首も念入りに味わって舐め回し、腋の下の生ぬるく蒸れた汗の匂いを胸いっぱいに貪った。

二人分の体臭で胸を満たしてから、やがて三人は全裸のまま部屋を出て階下のバスルームへ移動した。

まだしばらくは、由香利も帰ってこないだろう。

三人がバスルームでシャワーを浴びると、当然ながら圭一郎は床のバスマットに座り込み、二人を左右に立たせた。

「オシッコを出して」

言うと、二人も彼の左右の肩に跨がり、顔に股間を突き出してくれた。

それぞれの股間に顔を埋めたが、濃かった匂いは薄れてしまった。それでも舐めると、二人とも新たな愛液を漏らして舌の動きを滑らかにさせた。

「アア、すぐ出そうよ……」

瑠奈が尿意を高めて言い、今日香も懸命に息を詰めて力んでいた。

間もなく瑠奈の割れ目からチョロチョロと熱い流れがほとばしってきたので、彼は舌に受けて味わい、うっとりと喉を潤した。

「あう、出ちゃう……」

続いて今日香が言うと、ポタポタと熱い雫が滴り、すぐにも一条の流れとなって彼の肌に注がれてきた。

彼はそちらにも顔を向けて味わい、二人分の熱いシャワーを全身に浴びた。

それぞれは味も匂いも淡いものだが、やはり二人分となると混じり合ったそれが鼻腔や舌を刺激してきた。

あまり溜まっていなかったか、順々に勢いが衰えると、間もなく二人同時に流れが治まってしまった。

圭一郎は残り香に包まれながら、それぞれの割れ目を舐め回して余りの雫をすすり、割れ目内部を舐め回した。

「あう……、続きはベッドで……」

瑠奈が言い、二人は身を離した。

もう一度三人でシャワーを浴びてから身体を拭き、また全裸のまま二階の部屋に戻っていった。

圭一郎がベッドに仰向けになると、また二人は股間に屈み込んで顔を寄せ、一緒になって亀頭をしゃぶってくれた。

「ああ……、気持ちいい……」

彼が喘ぎ、たっぷりと肉棒全体が唾液にまみれると、二人は顔を上げた。

「今度は私の中でいって」

瑠奈が言い、ペニスに跨がってきた。

「私はもう充分だから、見ているわね」

すると今日香が言い、彼に添い寝してきた。

瑠奈は幹に指を添え、先端に割れ目を押し当てると、息を詰めてゆっくり腰を沈み込ませていった。

張り詰めた亀頭が潜り込むと、あとは重みと潤いでヌルヌルッと滑らかに根元まで嵌まり込んだ。

「アアッ……、いい気持ち……」

瑠奈も、すっかり挿入の違和感はないように顔を仰け反らせて喘ぎ、ピッタリと股間を密着させてキュッと締め上げてきた。

圭一郎も温もりと感触を味わい、両手で彼女を抱き寄せながら、両膝を立てて弾力ある尻を支えた。

そして顔を引き寄せ、下からピッタリと唇を重ねると、何と横にいる今日香も顔を割り込ませ、舌を伸ばしてきたのである。

圭一郎は二人分の舌を舐め、混じり合った唾液をすすった。三人が鼻を突き合わせているので、彼の顔中が二人の息に湿った。

「ね、いっぱい唾を垂らして」

言うと二人も口に唾液を溜め、順々に唇を寄せては白っぽく小泡の多い唾液をグジューッと吐き出してくれた。

圭一郎は口に受け、混じり合った清らかなシロップを味わい、うっとりと喉を潤して酔いしれた。

「顔に思いっきりペッて吐きかけて」

さらに興奮を高めてせがむと、先に今日香がペッと吐きかけてくれ、続いて瑠奈も同じようにしてくれた。彼は二人分のかぐわしい息を顔中に受け、生温かな唾液の固まりで鼻筋や頬を直撃され、激しく高まりながらズンズンと股間を突き上げはじめた。

「アア……」

瑠奈が喘ぎ、合わせて腰を遣い、何とも心地よい摩擦を開始し、クチュクチュと湿った摩擦音が響いた。

頬の丸みをトロトロと唾液が伝い流れ、ほのかな匂いが鼻腔を刺激した。

圭一郎は動きながら、二人の顔を寄せてそれぞれの口に鼻を押し込み、濃厚な吐息で胸を満たした。

メガネ美女の吐き出すシナモン臭と、美少女の果実臭が鼻腔で混じり合い、うっとりと胸に沁み込んできた。

何という贅沢な快感であろう。

二人の口を交互に嗅ぎながら突き上げを強めていくと、さらに二人が舌を這わせ、彼の顔中をヌルヌルにしてくれた。

もう限界が来て、

「い、いく……！」

堪らずに彼は声を洩らしながら激しく昇り詰めてしまった。

同時に、ありったけの熱いザーメンがドクンドクンと勢いよくほとばしると、

「あ、熱いわ……、アアーッ……！」

噴出を感じた瑠奈も声を上ずらせ、ガクガクと狂おしい痙攣を開始したのだった。どうやら本格的な膣感覚によるオルガスムスを得てしまったようで、収縮と締め付けが増していた。

瑠奈が果てたことで快感が増し、圭一郎は感触を味わいながら心置きなく最後の一滴まで出し尽くしていった。満足しながら動きを弱めていくと、瑠奈もいつしかグッタリともたれかかっていた。

「ああ、すごかったわ。こんな気持ち初めて……」

瑠奈が彼に体重を預けながら息を震わせ、自身の奥に芽生えた快感に戦くように、いつまでもキュッキュッと締め付けてきた。

圭一郎は刺激にヒクヒクと幹を震わせ、完全に動きを停めて瑠奈の重みと温もりを受け止めた。

そして二人分の混じり合った濃厚な吐息を嗅いで胸を満たし、うっとりと快感の余韻に浸り込んでいった。

「いけたのね。これからはもっと気持ちよくなるわ」

今日香が言い、瑠奈の髪を撫でてやっていた。

やがて呼吸を整えると、瑠奈がそろそろと股間を引き離し、今日香とは反対側にゴロリと横になった。

すると今日香が身を起こし、初のオルガスムスを得た瑠奈の割れ目をティッシュで拭ってやり、愛液とザーメンにまみれたペニスをしゃぶって綺麗にしてくれたのだった。

「あう、も、もういい……」

彼は呻き、腰をよじって降参した。

今日香も再び横になり、圭一郎は二人に挟まれて温もりを感じながら呼吸を整えた。

そして三人でもう一度シャワーを浴びて身繕いすると、間もなく由香利も買い物から帰ってきたのだった。

3

昼食後、圭一郎がリビングで休憩していると杏樹が呼びに来た。

瑠奈と今日香は二階に戻って勉強を再開し、由香利は今夜のパーティのための料理を仕込んでいた。

「杉田さん、今いいかしら」

圭一郎が奥の部屋に入ると、相変わらずジョージは頭や胸に多くの電極を付けて昏睡し、杏樹はベッドに掛けて彼に椅子をすすめた。

「すごく多くのサンプルで、先生の心も大変に活性化しているわ」

白衣でボブカットの杏樹が、今日も無表情に言う。

「じゃ、僕がここで体験した全ての映像を……？」

「ええ、由香利さんとのアナルセックスも、瑠奈ちゃんの初体験や二階での3Pも全て」

杏樹が、当然のことのように言う。

画像を電気信号に替える仕組みはよく分からないが、同じ映像をジョージは見ているのだろうか。

それにしても、それだけ多くの淫らなものをインプットされたら、ジョージは相当な興奮に見舞われたことだろう。

「僕と愛娘とのセックスに、ジョージ先生は抵抗ないんでしょうか……」

「男親というのは心のどこかに、娘を抱きたいという潜在的な願望があるのでしょうね。そして先生は、自分が動けずに出来ないことを、全てあなたにやってもらったのよ」

杏樹が言い、また彼女と出来るのではないかという興奮で、彼の股間が熱くなってきてしまった。

確かに午前中は濃厚な3Pで、身も心もすっかり満足しているが、昼食と休憩を挟んでいるし、まして相手が変われば、いくらでも出来そうなほど新たな淫気が湧いてきた。

「本当に、性欲旺盛で貴重なサンプルだわ」

圭一郎の淫気を見透かしたように、杏樹が彼を見つめて言った。

「この先、この研究はどこへ向かうんですか……」

「生きることへの根源的な研究。性欲は本来、子孫を残すための本能だけど、現代はそうじゃなく、快楽そのものが独立して、それが自らの生きる力になっていると思うの」

「はあ、多情で欲の多いものが長生きするという……」

「そう。だから先生の究極の願望は、甦り。性の力によって死にかけた肉体に健康を取り戻すこと」

「甦り……」

圭一郎が呟くと、杏樹は立ち上がって、三脚のＤＶＤカメラをベッドに向けてセットした。

どうやら話は終わりで、行為を始めていいようだ。

ためらいなく杏樹が白衣を脱ぎ去ると、下には何も着けていなかった。形良い乳房が息づき、スラリとした脚が露わになった。

それを見て激しく勃起した圭一郎も、手早く全裸になっていった。

「すごい勃ってるわ。目の前の女に、全力で性欲を向けるのね」

女なら誰でもいいのかと言われているようだが、今のところ圭一郎は、好みでない女性に会ったことがないのだから仕方がない。

照準を合わせるように勃起した砲口を杏樹に向けると、彼女も顔を寄せながら圭一郎をベッドに仰向けにさせていった。

杏樹が股間に顔を寄せ、幹に指を添えて先端をヌラヌラと舐め回し、張り詰めた亀頭にしゃぶり付いてきた。

「ああ……」

圭一郎は、股間に美女の熱い息を受け止め、舌の蠢きに喘いだ。

杏樹は丸く開いた口にスッポリと呑み込み、喉の奥まで含んで吸い付くと、口の中でクチュクチュと舌をからめてきた。

たちまち彼自身は生温かな唾液にまみれて震え、さらに杏樹は顔を上下させ、スポスポと摩擦してからスポンと口を離した。

そして仰向けになってゆき、

「舐めて……」

と言って身を投げ出してきた。

することはしたので、あとは圭一郎がしろと言っているようだ。

彼は身を起こし、杏樹の足裏に屈み込んで舐め回し、揃った指の間に鼻を押し付けて嗅いだ。

一体いつシャワーを浴びたのか分からないほど、指の股は生ぬるい汗と脂にジットリ湿り、ムレムレの匂いが濃く沁み付いて鼻腔が刺激された。

圭一郎は充分に足の匂いを貪ってから爪先をしゃぶり、両足とも全ての指の股に籠もる味と匂いを吸収した。

それでも杏樹はピクリとも反応せず、じっと彼のすることを見ていた。

彼は股を開かせ、脚の内側を舐め上げながら、ムッチリと張りのある内腿にそっと歯を当てた。

「あう……」

ようやく杏樹が呻いて反応し、

「もっと強く、痕になってもいいから……」

さらなる刺激を求めてきた。やはり痛いほどの感覚が好きらしく、圭一郎は左右の内腿をくわえ込んでは、モグモグと動かして弾力を味わった。

やはり前歯だと痛いので、歯全体で肉を含むのがいいようだ。

杏樹は当分この屋敷、というより、部屋から出ないだろうが、もちろん歯形が付くほどの力は込めなかった。

やがて顔を進め、彼は股間に迫った。

柔らかな茂みに鼻を埋め込むと、濃厚に蒸れた汗とオシッコの匂いが籠もり、悩ましく胸に沁み込んできた。

圭一郎は美女の匂いを貪り、舌を挿し入れていった。

膣口を掻き回すと、大量に溢れた愛液に舌の動きが滑らかになり、彼は淡い酸味を吸収しながら、大きめのクリトリスまで舐め上げていった。

親指の先ほどもある突起に吸い付き、前歯でコリコリと刺激してやると、

「アア……、いい気持ち……」

杏樹が熱く喘ぎ、下腹をヒクつかせて新たな愛液を漏らしながら、内腿でキュッと彼の顔を挟み付けてきた。

圭一郎もヌメリをすすり、匂いに酔いしれながら乳首のように大きなクリトリスを吸い、微妙なタッチで歯の刺激を与え続けた。

「い、いきそう……、ここも……」

すると杏樹が言って寝返りを打ったのだ。

そのまま四つん這いになり、彼の顔に尻を突き出してきた。

圭一郎は谷間に鼻を埋め、レモンの先のように突き出たピンクの蕾に籠もる蒸れた匂いを貪った。そして舌を這わせて唾液に濡らし、ヌルッと潜り込ませて滑らかな粘膜を探った。

「あう……」

杏樹が呻き、キュッキュッと肛門で舌先を締め付けた。

彼も舌を出し入れさせるように動かしては、顔中を形良く弾力ある双丘に押し付けた。

「このまま、後ろから入れて……」

杏樹が言うと、すっかり高まった圭一郎も身を起こして股間を進めた。

そしてバックから先端を膣口にあてがい、ヌルヌルッと一気に根元まで押し込んでいった。

「アアッ……、いい……！」

杏樹が白い背を反らせて喘ぎ、味わうように膣を締め付けてきた。

彼も股間を密着させ、尻の丸みと弾力を味わいながら、腰を抱えて前後運動を開始した。

股間に当たって弾む尻が心地よく、彼は肉襞の摩擦を味わいながら動きを速めていった。

そして背に覆いかぶさり、両脇から回した手で張りのある乳房を揉みしだきながら、ボブカットの髪に鼻を埋めて甘い匂いを嗅いだ。

しかし、やはり顔が見えず、唾液や吐息が味わえないのは物足りず、途中で彼は動きを止めて身を起こした。

すると杏樹も察したように横向きになり、上の脚を真上に差し上げてきた。

圭一郎は、杏樹の下の内腿に跨がり、再び挿入しながら彼女の上の脚に両手でしがみついた。

松葉くずしの体位で、あるいは杏樹もジョージを興奮させるため様々な体位を取っているのかも知れない。

腰を突き動かしはじめると、互いの股間が交差しているので密着感が高まり、膣内の摩擦のみならず、擦れ合う内腿も心地よかった。

圭一郎も律動しながら充分に高まると、また動きを止めてヌルッとペニスを引き抜いた。

「アア……」

杏樹も、快楽を中断されて喘ぎながら、今度は仰向けになって股を開いた。

彼も正常位で、みたび深々と挿入し、股間を密着させると脚を伸ばして身を重ねていった。

すると杏樹は下から両手を回してしがみつき、さらに、もう引き抜かせないというふうに両脚まで彼の腰に巻き付けてきたのである。

圭一郎は温もりと感触を味わいながら、まだ動かず、屈み込んでチュッと乳首に吸い付いていった。

顔中に膨らみを味わいながら舌で転がし、さらに前歯でコリコリと刺激してやると、

「あう、もっと強く……！」

杏樹が呻いて言い、キュッキュッと膣内の収縮を強めてきた。

圭一郎は左右の乳首を舌と歯で愛撫し、さらに腋の下にも潜り込んで鼻を擦りつけた。

生ぬるく湿った腋には、何とも甘ったるく濃厚な汗の匂いが籠もり、彼は噎せ返りながら徐々に腰を突き動かしはじめていった。

溢れる愛液に動きが滑らかになり、ピチャクチャと湿った摩擦音が響いた。

4

「アア……、いい気持ち、もっと突いて……！」

すっかり杏樹が夢中になって喘ぎ、下からもズンズンと激しく股間を突き上げてきた。

圭一郎もすっかり高まりながら、動きを速めていった。

昼間は３Ｐというお祭り騒ぎのような体験をしたが、それは淫靡さは少なくスポーツじみていたのでたまにでよく、やはり男女の行為は密室の一対一に限るのだと彼は実感した。

もっとも今も、昏睡中とはいえジョージという第三者がいて、そのために録画しているのである。

圭一郎はここへ来て、あらゆるパターンの行為を体験させてもらっていた。

そして正常位でのしかかりながら、彼は杏樹に唇を重ね、ネットリと舌をからめた。

「ンンッ……」

杏樹も熱く鼻を鳴らし、息で彼の鼻腔を湿らせながら激しく舌を蠢かせた。

彼は生温かな唾液を味わい、舌のヌメリに興奮しながら、いつしか股間をぶつけるように激しく動いていた。

「アア……、い、いきそう……」

杏樹が唾液の糸を引いて喘ぎ、濃厚な花粉臭を含んだ吐息で彼の鼻腔を刺激してきた。

「あ、脚を跨いで……」

と、杏樹が言うと両脚を降ろして閉じてきたので、彼も跨がって太腿を挟みながら、なおも腰を突き動かした。

彼女も脚を閉じた方が昇り詰めやすく、しかも大きなクリトリスが擦られていいのだろう。

圭一郎は抜けないよう股間を押しつけ、杏樹の喘ぐ口に鼻を押し込んで濃厚な匂いを嗅ぎながら、リズミカルなピストン運動を続けた。

この体位だと、ペニスだけでなく陰囊まで彼女の内腿に挟まれ、心地よく擦られた。

たちまち彼女が、ガクガクと狂おしく腰を跳ね上げはじめた。

「い、いく……、アアーッ……！」

杏樹が身を反らせて声を上げ、狂おしいオルガスムスの痙攣を開始した。

大量の潤いと収縮の中、続いて圭一郎も激しい絶頂の快感に全身を貫かれてしまった。

「く……！」

快感を噛み締めながら呻き、熱い大量のザーメンを勢いよくドクンドクンと注入すると、

「あう、もっと出して……！」

噴出を感じた杏樹が、駄目押しの快感の中で呻いた。

膣内は、ザーメンを飲み込むような締め付けを繰り返し、まるで歯のない口に含まれて舌鼓でも打たれているようだった。

圭一郎は股間を擦り付けて心ゆくまで快感を味わい、最後の一滴まで出し尽くしていった。

満足しながら動きを弱めていくと、

「アア……、よかった……」

杏樹も強ばりを解いて、溜息混じりに声を洩らした。

まだ息づく膣内で幹がヒクヒクと過敏に上下に震え、彼はもたれかかりながら杏樹の熱い吐息を胸いっぱいに嗅ぎ、悩ましく濃厚な花粉臭で鼻腔を掻き回されて余韻を味わった。

やがて呼吸を整えて、彼が股間を引き離すと、杏樹も一緒に起き上がってベッドを下りた。

そしてＤＶＤカメラを外して手にすると、一緒にシャワールームへと移動していった。

どうやらシャワールームの映像も撮るようだ。

そして湯を浴びて互いに身体を流すと、

「飲みたいのでしょう？」

杏樹が、何もかも知っているというふうに言って、立ったまま股間を突き出してきた。

圭一郎も床に座って割れ目に迫ると、杏樹はその様子を録画しはじめた。

「すぐ出るわ……」

彼女が言うなり、割れ目からチョロチョロと流れがほとばしってきた。大きなクリトリスも覗いているので、まるでペニスから放尿しているようだ。

圭一郎は舌に受けて味わい、喉に流し込んだ。味も匂いも、他の誰よりも濃く刺激的だった。

だから大部分は口から溢れさせてしまったが、それでも肌を伝う温かな流れを浴び、彼自身はムクムクと回復してきた。

「アア……」

杏樹は声を洩らし、気持ちよさそうに放尿していたが、やがて勢いが弱まると間もなく流れが治まってしまった。

彼はなおも余りの雫をすすり、濃い残り香の中で割れ目を舐め回した。

「も、もういいわ……」

杏樹が言って股間を引き、モニターを見ながら映りに満足したようにスイッチを切った。そして二人でもう一度シャワーを浴びてから、身体を拭いてシャワールームを出た。

「まだ出来そうね。お口でもいい？」

彼の勃起を見ると、杏樹は言って再び三脚にＤＶＤカメラをセットして録画スイッチを入れた。

「いきそうになるまで指でして、息と唾が欲しい」

仰向けになって言うと、杏樹も腕枕してくれ、勃起したペニスを手のひらに包み込んで動かしはじめた。

「そんなに女の口の匂いと唾が好きなの？」

「うん、ずっとモテなくてキスに憧れていたから……」

「それでも、真っ当なディープキスじゃなくて、嗅いだり飲んだりするのが好きなのね」

杏樹は珍しげに言って、リズミカルにペニスをしごきながら彼の口に唾液を垂らしてくれた。

確かに圭一郎は、キスという男女が対等になる行為より、美女から唾液や吐息を与えられるのが好きなのだろう。

彼は指の愛撫に高まりながら、杏樹の生温かな唾液で喉を潤した。

さらに杏樹は大きく開いた口で彼の鼻を覆い、熱く湿り気ある吐息を惜しみなく吐きかけてくれた。

「ああ、いきそう……」

圭一郎は、濃厚な花粉臭の吐息で鼻腔を満たしながら喘ぎ、彼女の手のひらの中でヒクヒクと幹を震わせた。

すると杏樹も指を離し、彼の股間に移動していった。

そしてペニスを後回しにすると、彼女は圭一郎の両脚を浮かせて尻の谷間を舐めはじめた。

熱い鼻息で陰嚢をくすぐりながら、チロチロと肛門を舐め、ヌルッと潜り込ませてくると、

「あう……」

彼は快感に呻き、肛門で美女の舌を締め付けた。

杏樹も中で舌を蠢かせ、やがて脚を下ろして舌を離すと、そのまま陰嚢を舐め回した。

二つの睾丸を転がし、股間に息を籠もらせながら充分に唾液で濡らすと、いよいよ肉棒の裏側をゆっくりと舐め上げてきた。

滑らかな舌が先端まで来ると、杏樹は震える幹を指で支え、粘液の滲む尿道口をチロチロと舐めまわした。

舌を這わせながら、たまにカメラに目を向けるので、こちらに向けたモニターで映りを確かめているのだろう。

やがて杏樹はスッポリと喉の奥まで呑み込み、舌をからめて吸引した。

「ああ、気持ちいい……」

圭一郎が快感に喘ぎ、ズンズンと股間を突き上げはじめると、

「ンン……」

杏樹も熱く鼻を鳴らし、顔を上下させてスポスポと強烈な摩擦を繰り返してくれた。

たちまち生温かな唾液にまみれた幹が震え、ジワジワと絶頂が迫ってきた。

そして彼がとうとう絶頂の快感に貫かれ、激しく昇り詰めると、

「い、いく……!」

声を上ずらせて口走った。すると同時に杏樹が口を離して幹をしごき、尿道口の少し下を舌で左右に刺激してくれたのだ。

同時に、ありったけの熱いザーメンがドクンドクンと勢いよくほとばしった。

それは大きく開いた杏樹の口に飛び込んでいった。どうやら彼女は、出る瞬間を撮りたかったようだ。

それにしても、これほどジョージに忠実な弟子はいないだろう。

「アア……、いい……」

圭一郎が喘ぎ、なおも射精を続けると杏樹が含んで吸ってくれた。

撮るのは第一撃だけでよかったらしく、残りは一滴余さず彼女の口に出し尽くしていった。

杏樹は上気した頬をすぼめて吸い出し、彼もすっかり満足してグッタリと力を抜いた。そして彼女が亀頭を含んだままゴクリと飲み込んでくれると、

「あう……」

彼は嚥下とともに締まる口腔に呻いた。

ようやく杏樹が口を離し、幹をしごきながら余りの滲む尿道口をチロチロと舐め回してくれた。

「あうう、も、もういい……」

圭一郎は腰をよじって呻き、ヒクヒクと過敏に幹を震わせたのだった。

5

「じゃ素晴らしい絵が完成したので、みんなで乾杯」

由香利が言い、瑠奈のジュース以外は皆ビールで乾杯した。

夜、一同が集まってパーティが始まったのだ。

絵の完成と同時に、明日東京へ帰る圭一郎のお別れ会だろう。そして近日中に十八歳になる、瑠奈の前祝いも兼ねているようだ。

食堂のテーブルには、由香利と瑠奈と今日香に、珍しく私服の杏樹も席に着いていた。

そして皆から見える位置には、二階から下ろしてきた絵も飾ってある。

豪華な料理をつまみながら、ビールからワインに変え、圭一郎もいい気分で飲んだ。

何しろ、この全員と深く懇《ねんご》ろになり、それぞれの顔を見回すたび匂いや感触が鼻腔や全身に甦ってくるのである。

無表情な杏樹も、たまに皆と談笑していた。

やがて、あらかた料理がなくなると、一番先に杏樹が奥の部屋へと戻っていった。やはりジョージを放置するわけにいかないのだろう。

そして午後いっぱい勉強していた瑠奈も眠くなると、今日香と一緒に二階へ引き上げていった。

由香利は手早く片付けをすると、やがてリビングのソファに移って圭一郎と二人で余りのワインを傾けた。

らった。

「いえ、僕の方こそすっかりお世話になって」

並んで座り、彼は由香利に言った。

もう圭一郎もワインは充分なので、隣の由香利の腕を巻き込み、胸に抱いてもらった。

同級生で、半年ばかり彼の方が年上なのだが、どうにも美しく豊満な由香利には聖母のような雰囲気があり甘えたくなってしまうのだ。

由香利も彼の顔を巨乳に抱き、優しく髪を撫でてくれた。

目を上げると、すぐ近くに由香利の唇があった。間から洩れる熱い息は、彼女本来の白粉臭にワインの香気が混じり、それに夕食の名残のオニオン臭やガーリック臭もほんのりと鼻腔を刺激し、彼は胸を満たしながらゾクゾクと興奮を高めてしまった。

由香利は彼を抱きながら、テーブルのワイングラスを手にした。

「口移しに飲ませて。ワインは少なめに、唾は多めに」

言うと、由香利も少しだけワインを含んでグラスを置き、しばし唾液を分泌させながら、軽くワインと唾液で口中を漱いだ。

そしてピッタリと唇を重ねると、生ぬるくなったワインと大量の唾液がトロトロと注がれてきた。

圭一郎は口に受けて味わい、うっとりと飲み込んで酔いしれた。

なおも由香利は唇を重ねたまま、新たに溢れた唾液を吐き出し、舌も潜り込ませてチロチロとからめてくれた。

彼も美熟女の舌を舐め回し、生温かな唾液で喉を潤しながら、痛いほど股間を突っ張らせてしまった。

「ね、脱いでいい？」

唇を離して彼が言うと、由香利もいったん身を離してブラウスのボタンを外しはじめた。寝室のベッドではなく、リビングのソファというのも気分が変わって興奮するものだった。

たちまち二人とも全裸になると、あらためて彼は革のソファに横たわり、彼女を背もたれに座らせて、顔に足裏を乗せてもらった。

圭一郎は由香利の足裏を舐め、形良く揃った指の間に鼻を埋め込んで嗅いだ。

一日中動き回っていた彼女の指の股は、生ぬるい汗と脂にジットリ湿り、蒸れた匂いが濃厚に沁み付いていた。

彼は鼻腔を刺激されながら両足とも嗅ぎまくり、爪先をしゃぶって順々に全ての指の股に舌を割り込ませて味わった。

「アア……、くすぐったくて、いい気持ち……」

由香利も、息を弾ませて脚を震わせた。

しゃぶり尽くすと、圭一郎は彼女の股間を引き寄せ、顔に跨がらせた。

白くムッチリと張り詰めた両の内腿が顔中に覆いかぶさり、熟れた割れ目が鼻先に迫った。

黒々と艶のある茂みに鼻を埋めると、今日も濃厚に蒸れた汗とオシッコの匂いが悩ましく鼻腔を掻き回し、彼はうっとりと胸を満たしながら舌を挿し入れていった。

瑠奈が生まれ出てきた膣口は淡い酸味の愛液にネットリと潤い、クチュクチュと襞を舐め回すと淡い酸味のヌメリで舌の動きが滑らかになった。

味わいながらクリトリスまで舐め上げていくと、

「あう……」

由香利が呻いて熟れ肌を強ばらせ、新たな愛液をトロリと漏らしてきた。

彼は舌を蠢かせ、味と匂いを堪能してから豊満な尻の下に潜り込んだ。

顔中にボリューム満点の双丘を受け止め、谷間の蕾に籠もる蒸れた匂いを貪ってから、舌を這わせてヌルッと潜り込ませた。

「く……!」

由香利が呻き、キュッと肛門で舌先を締め付けた。

圭一郎は微妙に甘苦く滑らかな粘膜を探り、再び割れ目に戻ると、ビクッと由香利が股間を引き離した。

そして彼の股間に屈み込み、粘液の滲む尿道口を舐め回してから、張り詰めた亀頭をくわえ、スッポリと喉の奥まで呑み込んでいった。

「ああ……」

彼は快感に喘ぎ、温かく濡れた美熟女の口の中でヒクヒクと幹を震わせた。

由香利は幹を締め付けて吸い、熱い息が恥毛をくすぐりながらチロチロと舌をからめてきた。さらに顔を小刻みに上下させ、濡れた口でスポスポと強烈な摩擦を繰り返すと、

「い、いきそう……」

圭一郎はすっかり高まって口走った。

すぐにスポンと口を離すと、由香利が彼を引き起こした。

彼はソファに浅く腰掛け、身を反らせて股間を突き出すと、由香利が正面から跨がってきた。

先端に割れ目を押し当て、ゆっくり腰を沈み込ませていくと、彼自身はヌルヌルッと滑らかな肉襞の摩擦を受け、根元まで完全に呑み込まれた。

「アアッ……、いい……」

由香利が股間を密着させ、巨乳を揺すって喘いだ。

圭一郎も締め付けと温もりを感じながら、両手で彼女を抱き寄せ、チュッと乳首に吸い付いて舌で転がした。そして顔中で豊かな膨らみを味わい、愛液にまみれた幹を内部でヒクつかせた。

「ああ……、すぐいきそうよ……」

由香利が熱く喘ぎ、徐々に腰を上下させはじめた。

たちまちクチュクチュと摩擦音が響き、溢れた愛液が陰嚢の脇を生温かく伝い流れた。

彼は両の乳首を交互に含んで舐め回し、由香利の腋の下にも鼻を埋め込んだ。

生ぬるく湿った腋毛に籠もる、濃厚に甘ったるい汗の匂いで鼻腔を満たしながら、彼もズンズンと股間を突き上げはじめると、

「アアッ……、もっと突いて……」

由香利が熱く喘ぎ、収縮と潤いを増していった。

圭一郎は股間を突き上げながら顔を引き寄せ、唇を重ねて舌をからめた。

滑らかに蠢く舌を味わい、注がれる唾液でうっとりと喉を潤した。

さらに由香利の喘ぐ口に鼻を押し込むと、彼女も綺麗な下の歯並びを彼の鼻の下に当ててくれた。

美熟女の口の中に籠もる、濃厚な匂いに酔いしれながら、たちまち彼は摩擦快感に昇り詰めてしまった。

「い、いく……」

絶頂の嵐に口走りながら、ありったけの熱いザーメンをドクンドクンと勢いよくほとばしらせると、

「い、いい……、アアーッ……！」

噴出を感じた由香利も声を上ずらせ、ガクガクと狂おしいオルガスムスの痙攣を開始した。圭一郎は心地よい締め付けの中で、心置きなく最後の一滴まで出し尽くし、満足しながらグッタリと力を抜いた。

「ああ、よかった……」

由香利も声を洩らし、熟れ肌の硬直を解いていった。まだ続く収縮の中、彼はヒクヒクと過敏に幹を震わせ、白粉臭の吐息を嗅ぎながら、うっとりと余韻に浸り込んだ。

「何だか、すごく眠いよ……」

「いいわ、このまま眠ってしまっても」

急に激しい睡魔に襲われた圭一郎が言うと、由香利も優しく答えた。

そして彼は、由香利のかぐわしい吐息だけを呼吸し、あっという間に深い睡りに落ちてしまったのだった……。

第六章　大きなクリトリス

1

（え……？　どこだ、ここは……）

目を覚ますと、圭一郎は見慣れぬ白い天井を見上げて思った。

気がつくと、全裸でベッドに寝かされ、腹にはベルトが巻かれて固定されている。両手足は自由だが、ベルトを解く位置には手が届かない。

しかも頭や胸に電極が繋がり、夥しいコードが枕元に伸びているではないか。

（まさか、髪を剃られてしまったのか……）

驚きながら見ると、何と隣のベッドではジョージが昏睡していた。

どうやら屋敷の奥の病室で、圭一郎はジョージの隣に並べたベッドに寝かされていたのだった。

と、そのとき奥のドアが開き、トイレにでも行っていたか、白衣姿の杏樹が戻ってきた。

「気がついたのね」

杏樹が、無表情に言う。

「ど、どういうこと、これは……。今はいつ……?」

圭一郎は、長く眠った気がして杏樹に訊いた。

「ゆうべパーティをして、一夜明けた午前七時よ。今あなたは、電極でジョージ先生と繋がっているの」

「だから、それは何のために……」

彼は身を起こそうとしたが、拘束されて無理だった。どうやら昨夜の料理かワインに、睡眠薬でも入っていたのかも知れない。

「二人の意識を共有させて、やがては双方を入れ替えるの。ジョージ先生の願いで、若い肉体で甦りたいというので」

「そ、それって、いずれ僕の意識はこの六十五歳の肉体に宿るということ?」

「ええ、その通りよ」

言うと、杏樹が冷たく答えた。

「そんなこと、犯罪でしょう。僕が失踪したら、いずれ捜索が……」

「そんな長い時間はかからないわ。あなたの肉体でジョージ先生が目覚めれば、いったん東京へ戻って、もう絵が描けなくなったからと各方面に連絡して、引退したら、ここへ戻って暮らすの」

「ぼ、僕は、この寝たきり老人の肉体で過ごすの……？」

「もう一生分のいい思いをしたでしょう」

「そんな、こんな立派な先生が、そんな犯罪を計画するはずがない。きっと杏樹さんがおかしいんだ。自分の狂った研究のために、僕とジョージ先生の肉体をモルモットにして……」

圭一郎が言うと、そのとき男の声がした。

「いや、これは私の意思なのだよ、杉田君」

驚いて横を見ると、頭に夥しい電極を着けたジョージが、目を開けてこちらを見ているではないか。

「い、意識が戻ってる……」

「ああ、たまに戻ることがある。またすぐ眠りに就くが、出来れば次は君の肉体で目覚めたいものだ」

ジョージは言い、また目を閉じながら口を開いた。

「君の性欲と性癖は理想的だ。私がしたくて出来なかったことを、妻や娘に対して全てしてくれた。おかげでようやく、射精せず脳だけで快楽を得るドライオーガズムも体験できた」

「……」

「もっとも、若い肉体に宿れば、これから生身の女性を相手に何度でも射精できる。代わりに君は、私の肉体で脳内の快楽を満喫するがいい」

「そんな、不公平です。残りの寿命が……」

圭一郎は言ったが、もうジョージは答えず、また昏睡に入ってしまったのかも知れない。

どうやら、この目的のために由香利は圭一郎に連絡を取ってきたようだ。

健康で性欲旺盛な独身、自由業で自分に好意を持っていた男、正に彼が理想的な生け贄だったのだろう。

「手が自由だからといって、勝手に電極を抜いたりしたら死ぬわ」

杏樹が言い、タオルで圭一郎の額に滲む脂汗を拭いてくれた。

「では、ジョージ先生のように、ドライオーガズムを体験するといいわ」

杏樹がスイッチを入れると、圭一郎の頭の中に様々な情報が流れ込んできた。

（うわ……）

違和感に思わず目を閉じると、瞼の裏に映像が浮かび上がってきた。

最初は、瑠奈の入浴やトイレを盗撮した映像だった。

愛娘のこうした姿を見たがるというのは、ジョージも相当に屈折した欲望を持っていたのだろう。

瑠奈は何も知らず可憐な顔でバスルームで体を洗ったり、トイレで大小の排泄をしていた。音も聞こえ、何やら匂いまで感じられるように臨場感のある映像であった。

場面が変わると、由香利がカメラの前で大股開きになり、

「あなた、よく見て……」

喘いで言いながら激しいオナニーをしていた。

さらに圭一郎と由香利、今日香や杏樹との濃厚なセックス、そして瑠奈の処女喪失シーンに３Ｐなどの数々。

映像はどれもよく撮れていて、圭一郎は自分自身を客観的に見ながら、そのときの快感を甦らせ、ムクムクと激しく勃起してしまった。

しかし興奮は高まるが、ドライオーガズムというほどの絶頂快感は得られないようだった。

すると画像が消えて、彼は恐る恐る目を開いた。

「やはり、まだ生身の執着があって脳だけではいけないようだわ」

杏樹が、彼の激しい勃起を見下ろしながら言った。

「やはり体の自由が利かず、女性を抱けない状態にならないと脳感覚に専念できないのね」

彼女は言い、圭一郎の肌を撫で回してきた。

「手足を切ってしまえば、諦めて脳感覚だけになるだろうけど、それだと先生が乗り移ったとき困るし」

脅すように囁きながら、杏樹は屈み込んでチュッと彼の乳首を吸い、キュッと軽く歯を立ててきた。

「あう……」

圭一郎は呻き、こんな状況なのに刺激で勃起が増してしまった。

さらに杏樹は乳首を舐めながら、手を伸ばしてペニスをしごきはじめた。

するとジョージの向こうに並んだ機器の、ランプの明滅が早まった。

どうやら彼の快感とともに、ジョージも同じ興奮を得ているようだ。

つまり圭一郎が快感を得るほど、ジョージも同じ思いをして生身への執着を強め、徐々に意識が圭一郎の方へ流れ込んでくるのだろう。

次第に浸食されると、行き場のなくなった圭一郎の意識が、仕方なくジョージの脳へと移って、徐々に互いが入れ替わっていくのではないか。

科学知識のない圭一郎は、仕組みをそのように理解した。

ならば快感など覚えず、ジョージが羨ましく思えなくすればよいのだろうが、どうにも圭一郎の肉体は反応してしまった。

両の乳首を舌と歯で刺激した杏樹は、顔を移動させてペニスにしゃぶり付いてきた。

「ああ……」

圭一郎は喘ぎ、白衣の美女の口の中で幹を震わせた。

杏樹もたっぷりと唾液をまつわりつかせて舌をからめ、やがて充分に濡れるとスポンと口を離し、そのままベッドに上がってきた。

彼の顔に跨がり、白衣の裾をめくってしゃがみ込むと、下には何も着けておらず、濡れはじめた割れ目が鼻先に迫った。

杏樹が自分から股間を圭一郎の鼻と口に押し付けると、彼は蒸れた汗とオシッコの匂いに噎せ返った。

そして命じられたわけではないのに、彼は舌を挿し入れて愛液を掻き回し、膣口から大きなクリトリスまで舐め上げていった。

「アアッ……、いい気持ち……」

杏樹は喘ぎ、トロトロと愛液を漏らして悶えた。

すると、すぐにも腰を上げて彼の股間に跨がり、女上位でペニスを膣内にヌルヌルッと納めていったのだった。

「アア……」

杏樹が顔を仰け反らせて喘ぎ、キュッと締め付けると、圭一郎も無意識にズンズンと股間を突き上げ、滑らかな摩擦に高まっていった。

彼女も覆いかぶさるように身を重ねて腰を動かしながら、ピッタリと唇を重ねると、唾液を注いで舌をからめてきた。

「い、いきそう……」

やがて杏樹が唾液の糸を引いて唇を離し、収縮を強めていった。

圭一郎も、彼女の吐き出す濃厚な花粉臭の息に鼻腔を刺激され、たちまち激しい摩擦の中で昇り詰めてしまった。

「く……!」

快感に呻きながらドクンドクンと勢いよく射精すると、

「あう、いく……!」

杏樹も奥に熱い噴出を受けて呻き、ガクガクと狂おしいオルガスムスの痙攣を開始した。すると同時にジョージの接続した機器のランプ明滅も最高潮になり、すっかり彼は圭一郎の快感を吸収したようだった。

2

「わあ、スキンヘッドも似合うわね」

食事を持って入ってきた今日香が、圭一郎の顔を見て言った。

住み込みの家庭教師だが、全て事情は呑み込んでいるのだろう。

隣ではずっとジョージが昏睡し、杏樹は昼食のため食堂に行ったらしい。

「さあ、食事しましょうね。食べさせてあげるわ」

「いや、何も要らない……」

「朝は食べなかったんでしょう。そろそろ何かおなかに入れた方がいいわ。もっとも、こんな状況では食欲もないだろうし、排泄も面倒だろうから、せめてフルーツにしたのよ」

今日香は言い、皿に盛ったフルーツ盛り合わせを差し出した。

「本当に食べたくない」

「そう、こんなに美味しいのに」

今日香は椅子に掛けて言うなり、自分でフルーツを食べはじめてしまった。

そして皿を空にすると置き、

「これならきっと好きよね」

彼女は言うなり屈み込み、ピッタリと唇を重ねてきた。そして胃から逆流したものを口移しに注ぎ込んできたのである。

どうやら今日香は、人間ポンプのように戻せる特技があったらしい。

「ウ……」

彼は、生温かくなった咀嚼《そしやく》物を思わず飲み込んで呻いた。

何種類かのフルーツがミックスされ、メガネ美女の胃液も混じって注がれるとすんなり喉を通過してしまった。

さすがに何日かで今日香も彼の性癖を理解し、同時にジョージのランプも嬉々としているように明滅した。

やがて今日香は出し尽くしたか、最後に一口分の唾液と胃液混じりのフルーツを注ぎ、彼も飲み下すとチロリと舌をからめてから唇を離した。

「全部食べたわね、偉いわ」

今日香が、悩ましいシナモン臭の吐息を弾ませて囁いた。

その間に、否応なく彼自身もピンピンに回復していた。

「したいのね、いいわ」

今日香が言ってベッドに立ち上がると、壁に手を突いて身体を支え、素足の裏を彼の鼻と口に押し付けてきた。これも、いちいち言わなくても彼の性癖を熟知しているのだろう。

圭一郎も舌を這わせ、足指の股に沁み付いて蒸れた匂いを吸収した。

そして爪先をしゃぶると、今日香は足を交代させ、全ての指の股を味わわせてくれた。

そのまま跨いでしゃがみ込むと、やはりスカートの中はノーパンで、濡れた割れ目が鼻先に迫った。

茂みに鼻を埋めると、やはり蒸れた汗とオシッコ臭が鼻腔を掻き回したが、杏樹とは微妙に違い、どちらも彼をうっとりと酔わせた。舌を這わせて淡い酸味のヌメリをすすり、膣口からクリトリスまで舐め上げると、

「ああ、いい気持ち……」

今日香が熱く喘ぎ、彼は味と匂いを堪能すると、尻の真下にも潜り込み、顔中に双丘を受け止めて蕾に籠もる蒸れたビネガー臭を嗅いだ。

舌を這わせてヌルッと潜り込ませ、滑らかな粘膜を探ってから、再び割れ目に戻ると、

「も、もういいわ。セックスと、私のお口とどっちに出したい？」

今日香が息を弾ませて訊いてきた。やはりどこか彼を哀れに思うのか、好きな方を選ばせてくれるらしい。

するとと圭一郎の頭の中に、

（口に出したい……）

と、ジョージの声が響いてきたのである。

どうやら、徐々に浸食が始まっているのかも知れない。

「く、口に……」

圭一郎が言うと、すぐにも今日香は頷いて彼の股間に顔を寄せてくれた。

ここは、逆らうよりジョージの意思を尊重したのだ。言う通りにしていれば、やがて脳内でコミュニケーションも出来るようになり、何か説得の方法が見つかるかも知れない。

彼のそんな思惑も知らず、今日香は先端をチロチロと舐め、張り詰めた亀頭にもしゃぶり付き、スッポリと喉の奥まで呑み込んでいった。

そして舌をからめて唾液に濡らし、顔を上下させ濡れた口でスポスポと摩擦しはじめてくれた。

「ああ……」

圭一郎は快感に喘ぎ、下からもズンズンと股間を突き上げた。すると唾液のヌメリと吸引、舌の蠢きと摩擦で、彼はあっという間に昇り詰めてしまった。

「い、いく……」

彼は絶頂の快感に呻き、ありったけの熱いザーメンをドクンドクンと勢いよくほとばしらせた。

「ンン……」

喉の奥を直撃された今日香が呻き、なおも摩擦を続行してくれた。

圭一郎は最後の一滴まで出し尽くし、満足してグッタリと身を投げ出した。

強化も動きを止め、ペニスを含んだまま口に溜まったザーメンをコクンと飲み込んでくれ、口を離すと幹をしごき、尿道口から滲む余りの雫まで丁寧に舐め取ってくれた。

「あう、もういい……」

彼が腰をくねらせ、幹を過敏にヒク突かせながら言うと、ようやく今日香も舌を引っ込めてくれた。

「スッキリしたでしょう。じゃまた来るわね」

彼女は言い、空のフルーツ皿を持って部屋を出て行った。

隣を見ると、ジョージも満足げに呼吸し、シグナルの明滅もグラフも落ち着いてきたようだった。

あれから脳内にジョージの言葉は聞こえず、何か心の中で彼に呼びかけても反応はなかった。

目を閉じると、徐々に様々な映像が浮かんできた。

それは昭和時代の風景や、大学の研究室だったりしたので、ジョージの記憶が流れ込んでいるのだろう。

そして若い頃の由香利との出会いやセックス、瑠奈が生まれたときのことなどがパノラマのように浮かんでは消えた。

あるいは圭一郎の記憶も、ジョージの中に流れ込んでいるのかも知れない。

こうして、いずれかが長く居座るようになり、やがては完全に入れ替わってしまうのだろうか。

混乱するので彼は流れ込む映像をシャットアウトするよう努めると、そのまま眠ってしまったのだった。

3

「ごめんね、杉田君」

由香利が部屋に入って来て、目を覚ました圭一郎に言った。

手に夕食の盆を持って来たので、もう日が落ちたようだが、ここには窓がないから分からない。

デジタル時計は枕元の機器にあるようだが、頭を固定するような電極がありすぎて見ることは出来なかった。

「最初から、これが目的で僕に連絡を？」

圭一郎は訊いてみた。

しかし憧れの由香利を見ると、怒りなどよりも多くの快感が得られたことに感謝したいほどだった。だがこうした気持ちも、次第にジョージの意識が流れ込んでいるせいなのかも知れない。

「それもあるけど、もちろん杉田君に会いたかったし、卒業のとき私を好きだと言ってくれたことも嬉しかったから」

由香利が答える。

そういえば以前、瑠奈が「ママはパパ一筋」と言っていたが、やはり由香利にとってはジョージの意思が第一なのだろう。

「もし実験が成功したら、杉田君の肉体は一生かけて愛するわ」

「でも、そうなっても、この肉体はもう僕じゃない」

「ええ、もちろんこちらの体も大切にするわ」

由香利が、昏睡中のジョージを指して言う。

「とにかく、少しでも食事をして」

彼女は椅子に掛け、シチューをスプーンですくうと、息をかけて冷ましてから圭一郎の口に運んでくれた。

今日香のように咀嚼して飲み込んで、胃からの逆流は出来ないらしい。

それでも彼は素直に口にし、熱いシチューを飲み込んだ。じっくり煮込んであるので、肉も野菜も溶けて流動食のようだが旨かった。

何口か運ばれて食べたが、やはり食欲はないので、半分も減らないうちに彼は首を横に振った。

すると由香利は、水差しで水を飲ませてくれた。

圭一郎はやや太り気味なので、あまり無理強いせず、この際だからダイエットさせようと思ったのかも知れない。

「トイレは？」

「そういえば、したい」

答えると、彼女はすぐに下から尿瓶を出してくれ、ペニスに装着した。

圭一郎は見られながら、勃起を堪えて何とかチョロチョロと放尿した。

出し終えると、彼女はさらに便器を尻の下に当ててくれた。

「出なかったら浣腸して上げるわ」

「う、ん、見られていると出にくい……」

彼は答えながらも下腹に力を入れ、何とか浣腸されなくても排泄することが出来た。

由香利は匂いがしても嫌そうな顔はせず、便器に蓋をして彼の尻をティッシュで拭い、さらにおしぼりで股間の前も後ろも丁寧に拭いてくれた。

圭一郎は赤ん坊に戻ったように、この美しい聖母のされるままになっていた。

ジョージの方は紙オムツをしているようだが、点滴と栄養チューブだけなので大して出ないようだった。

そして彼はスッキリすると、眠ったこともあり、ピンピンに勃起してきてしまった。

「すごいのね、元気で嬉しいわ」

それを見て由香利が嘆息混じりに言った。

「ね、明日また来てくれるときまで、シャワーを浴びずに歯磨きもせず、トイレも紙で拭くだけにして」

「まあ、恥ずかしいけど、杉田君が望むのなら私は何でも……」

由香利が頷いてくれると、圭一郎も濃厚な匂いへの期待で最大限に勃起してしまった。

「ね、全部脱いで、足から味わいたい」

言うと由香利は立ち上がり、手早く服を脱ぎはじめてくれた。

甘い匂いを揺らめかせながら、彼女はたちまち全裸になり、余すところなく白い熟れ肌を露わにすると、ベッドに上がってベッドの柵に摑まりながら、片方の足裏を彼の顔に乗せた。

圭一郎は舌を這わせ、指の股の蒸れた匂いを貪り、爪先にしゃぶり付いて指の股に籠もる汗と脂の湿り気を味わった。

「あう……」

由香利が呻き、やがて彼は足を交代させ、そちらの味と匂いも貪り尽くした。

「跨いで」

言うと彼女もすぐに跨がり、脚をM字にさせて内腿をムッチリ張り詰めさせながら、しゃがみ込んで股間を鼻先に迫らせてくれた。

陰唇を広げると、息づく膣口からは白っぽく濁った本気汁がヌラヌラと滲み出していた。

腰を抱き寄せて茂みに鼻を埋め、蒸れた汗とオシッコの匂いで鼻腔を刺激されながら舌を挿し入れると、淡い酸味のヌメリが迎えた。

息づく膣口を探り、クリトリスまで舐め上げていくと、

「アア……、いい気持ち……」

由香利が熱く喘ぎ、トロトロと新たな愛液を漏らしてきた。

それをすすり、味と匂いを貪り尽くすと、彼は豊満な尻の真下に潜り込み、薄桃色の蕾に籠もって蒸れた匂いを嗅ぎ、舌を這わせてヌルッと潜り込ませた。

「く……」

由香利が呻き、モグモグと肛門で舌先を締め付けてきた。

圭一郎は滑らかな粘膜を探ってから舌を離すと、すっかり高まった由香利が腰を浮かせて移動していった。

「オッパイに挟んで揉んで……」

圭一郎は遠慮なく言った。今の由香利は何を言ってもしてくれそうである。

すると由香利も彼の股間に身を寄せ、両の巨乳でペニスを挟み、両側から手で揉んでくれた。

「ああ、気持ちいい……」

圭一郎は、肌の温もりと巨乳の柔らかさに挟まれ、ヒクヒクと幹を震わせた。

由香利も微妙なタッチでパイズリをしてくれ、たまに屈み込んで谷間から覗く先端にチロチロと舌を這わせてくれた。

やがて充分に揉んでもらうと、彼は自分で両脚を浮かせ、尻を突き出した。

胸を離した由香利も心得たように、彼の尻の谷間を舐め、ヌルッと潜り込ませてきた。

排泄を終えたばかりだが、由香利が綺麗に拭いてくれたので、彼女も厭わず中で舌を蠢かせてくれた。

「あう、いい……」

圭一郎は快感に呻き、肛門で美熟女の舌先を締め付けて味わった。

やがて脚を下ろすと、彼女も陰嚢にしゃぶり付き、二つの睾丸を舌で転がし、袋全体を生温かな唾液にまみれさせた。

せがむように幹を上下させると、そのまま彼女も前進して肉棒の裏側を滑らかに舐め上げ、先端まで来ると丸く開いた口でスッポリと喉の奥まで呑み込んでいった。

幹を締め付けて吸い、口の中ではクチュクチュと舌がからみついた。

「ま、跨いで入れて……」

もうジョージからの言葉もないので、圭一郎はすっかり高まって言った。

由香利も充分に唾液に濡らしてからスポンと口を離し、身を起こして跨がってきた。

先端に割れ目を押し当て、息を詰めて味わうようにゆっくりと肉棒を膣口に受け入れていった。ヌルヌルッと滑らかに根元まで嵌まり込むと、

「アア……、奥まで感じるわ……」

由香利が顔を仰け反らせて喘ぎ、巨乳を揺らした。

もう電極でジョージと繋がっているので、DVDカメラの録画も必要なく、彼女は二人を楽しませるように激しく身悶えた。

やがて彼女が身を重ねてくると、圭一郎も顔を上げて左右の乳首を交互に含んで舐め回し、顔中で柔らかな巨乳を感じた。

充分に膨らみと乳首を味わうと、圭一郎は腋の下にも鼻を埋め、腋毛に籠もった汗の湿り気と濃厚に甘ったるい体臭を貪り、ズンズンと股間を突き上げはじめていった。

大量の愛液が動きを滑らかにさせ、互いの股間をビショビショにさせた。

「アア、すぐいきそうよ……」

由香利が喘ぎ、荒い息遣いにピチャクチャと響く摩擦音が混じった。

「唾を出して……」

言うと彼女も顔を寄せ、形良い唇をすぼめて白っぽく小泡の多い唾液をトロリと吐き出してくれた。

圭一郎は舌に受けて味わい、うっとりと喉を鳴らしながら唇を重ね、チロチロと舌をからみつけた。

「ンンッ……」

由香利も呻いて舌を蠢かせ、熱い息で彼の鼻腔を湿らせながら、トロトロと大量の唾液を注いでくれた。

彼は肉襞の摩擦と収縮に高まりながら、激しく股間を突き上げはじめると、

「い、いっちゃう……、アアーッ……！」

たちまち由香利が口を離して声を上ずらせ、ガクガクと狂おしいオルガスムスの痙攣を開始した。同時に、彼も熱く湿り気ある白粉臭の吐息を嗅ぎ、その刺激と収縮に巻き込まれるように激しく昇り詰め、

「く……！」

大きな快感に呻きながら、熱いザーメンを勢いよくほとばしらせてしまった。

「あう、気持ちいいわ……！」

奥に噴出を感じた由香利が駄目押しの快感に呻き、キュッキュッときつく締め上げてきた。

圭一郎は心ゆくまで快感を味わい、最後の一滴まで出し尽くして徐々に突き上げを弱め、満足して力を抜いていった。

「ああ、すごい……」

由香利も声を洩らしながら熟れ肌の硬直を解き、グッタリともたれかかると、遠慮なく彼に体重を預けてきた。

まだ膣内は名残惜しげな収縮が繰り返され、刺激された彼自身が膣内でヒクヒクと過敏に跳ね上がった。

「あう、もうダメ……」

由香利も敏感になっているように呻き、幹の震えを押さえるようにキュッときつく締め上げた。

圭一郎は、美熟女の重みと温もりを受け止め、熱く刺激的な白粉臭の吐息を胸いっぱいに嗅ぎながら、うっとりと快感の余韻を味わったのだった。

ジョージのシグナルとグラフも、興奮から覚めて満足げに落ち着いていった。

やがて互いに呼吸を整えると、由香利がそろそろと身を起こして股間を引き離していった。

またおしぼりで丁寧にペニスを拭き清めると、彼女は手早く身繕いをし、大小の便器を持って静かに部屋を出て行った。

そして圭一郎は、それからまた少し眠ったのだった。

4

「ごめんね、起こしちゃった?」

圭一郎が気配に目を覚ますと、瑠奈が入ってきて言った。

何と彼女はセーラー服姿で、すっかり気に入ったようだ。

かつては由香利が三年間着たものだが、今はすっかり瑠奈の体臭が沁み付いていることだろう。

「いま何時?」

「夜十二時を回ったところ。ね、聞いて、私たったいま十八歳になったのよ」

瑠奈が顔を寄せて言う。甘酸っぱい桃の匂いの息が鼻腔をくすぐり、彼は完全に目を覚ました。

「そうか、それはおめでとう」

「ええ、ありがとう。圭おじさまのおかげで、十八になる前に大人になれたわ」

瑠奈がベッドに両手を重ね、顎を乗せて言いながら、物珍しげに彼の電極の付いた頭を見た。

「杏樹さんは？」

「リビングのソファで寝ているわ。私が出ていくまでは入ってこないの」

訊くと、瑠奈が答えた。

「ね、これから瑠奈ちゃんのセーラー服姿やヌードも描きたいから、どうか拘束を解いてくれない？」

「それはダメ。絵はドレス姿だけでいいわ」

言ってみたが、やはり瑠奈に断られてしまった。どうやらこの屋敷の女性たちは、みな意思が統一されているようだ。

「本当に、肉体と心を移し替えるなんて可能なんだろうか……」

「さあ、私にはよく分からないわ」

瑠奈が言う。

やはり、最も常識人であるはずの由香利が夫の意思と願望を狂信的に尊重しているし、杏樹はマッドサイエンティスト風だ。今日香も淫気満々で、どこか普通とは違う。

これは、外も出ず学校も行っていない瑠奈には、いちばん理解できない計画なのだろう。

「もし実験に失敗して、何かの拍子に僕が死んでしまったら」

「そのときは、圭おじさまの肉体を食べてあげる」

瑠奈の言葉に、寝起きで朝立ちの勢いも増し、圭一郎はピンピンに勃起してしまった。

考えてみれば、老人の肉体で目覚めるよりも、美少女に消化される方がずっと幸せかも知れない。

「ね、舐めたい。足から」

せがむと、瑠奈は頷いてすぐベッドに上がってきてくれた。

セーラー服の胸にポッチリとした乳首の在処が分かったので、どうやらノーブラにノーパンのようだ。

瑠奈は圭一郎の顔の横に立ち上がり、壁に手を付いて体を支えながら、そろそろと片方の足を彼の顔に乗せてくれた。

彼は美少女の足裏を顔中で感じながら舌を這わせ、指の間に鼻を押し付けて嗅いだ。

彼の性癖を知ってか、幸い入浴していないようで、指の股は生ぬるい汗と脂に湿り、ムレムレの匂いが濃厚に沁み付いて鼻腔が刺激された。

あるいは夜になってから、嬉しげに外を駆け回っていたのかも知れない。

圭一郎は胸いっぱいに美少女の蒸れた足の匂いを吸収し、爪先にしゃぶり付いて全ての指の股に舌を割り込ませて味わった。

「あん……」

瑠奈が喘ぎ、ガクガクと膝を震わせながら足を交代してくれ、彼はそちらも味と匂いを貪り尽くした。

「じゃ跨いでね」

真下から言うと、瑠奈も彼の顔に跨がり、スカートの裾をまくって和式トイレスタイルでゆっくりしゃがみ込んできた。脚がM字になると白い内腿がムッチリと張り詰め、やはりノーパンの股間が迫った。

ぷっくりした割れ目からはみ出すピンクの花びらが、すでに蜜を宿してヌラヌラと潤い、股間に籠もる熱気と湿り気が彼の顔中を包み込んだ。

楚々とした柔らかな若草に鼻を埋め、蒸れた汗とオシッコの匂い、それに淡いチーズ臭を嗅ぎながら舌を這わせた。

陰唇の内側に潜り込ませ、熱い蜜を掻き回しながら、息づく膣口をクチュクチュと探った。

ゆっくり小粒のクリトリスまで舐め上げていくと、

「アアッ……、いい気持ち……」

瑠奈がビクッと反応して喘ぎ、思わず力が抜けてキュッと彼の顔に座り込んできた。

圭一郎は充分に割れ目の味と匂いを堪能してから、美少女の尻の真下に潜り込み、顔中に双丘を受け止めながら谷間の蕾に鼻を埋めた。

可憐な薄桃色の蕾には蒸れた匂いが沁み付き、彼は貪るように嗅いでから舌を這わせ、ヌルッと潜り込ませて滑らかな粘膜を舐めた。

「あう」

瑠奈が呻き、キュッときつく肛門で舌先を締め付けてきた。

　圭一郎は中で舌を蠢かせてから、再び割れ目に戻って清らかな蜜を舐め取り、クリトリスに吸い付いた。

「ああ、もういいわ……」

　すっかり高まった瑠奈が言い、腰を浮かそうとするのを彼は押さえた。

「ね、オシッコして」

　言うと、彼女も股間を戻し、息を詰めて下腹に力を入れながら尿意を高めはじめてくれた。

　匂いに酔いしれながら舌を挿し入れて蠢かせていると、見る見る奥の柔肉が迫り出し、味わいと温もりが変化してきた。

「出るわ……」

　瑠奈が息を詰めて言うなり、チョロッと控えめに流れがほとばしった。やはりバスルームではないから、かなり遠慮がちになっているようだ。

　それでも、いったん流れが放たれると止まらなくなり、次第にチョロチョロと勢いを増して彼の口に注がれてきた。

　仰向けなので噎せないよう気をつけながら、匂いを味わう余裕もなく彼は注意深く喉に流し込んだ。

「ああ……、こんなところでするなんて……」

瑠奈が放尿しながら息を震わせた。何しろ室内のベッドの上だし、隣には父親も眠っているのである。

圭一郎は、何度か口から溢れさせそうになりながら懸命に飲み込んだ。

元々、あまり溜まっていなかったか、流れも一瞬勢いが増したが、間もなく弱まっていった。

完全に流れが治まると、何とか一滴もこぼさず飲み干すことが出来、あらためて淡い匂いと味が悩ましく感じられてきた。

彼は残り香の中で余りの雫をすすり、割れ目内部を舐め回した。すると、すぐにも新たに溢れる愛液が満ちて、舌の動きが滑らかになった。

「も、もうダメ……」

瑠奈が言い、ビクッと股間を引き離してしまった。

「何をしてほしい？」

そして彼女が息を弾ませて訊いてくるので、

「オッパイ舐めて……」

圭一郎は勃起した幹を震わせながら答えた。

瑠奈も移動し、彼の胸に屈み込むと、熱い息で肌をくすぐりながらチュッと乳首に吸い付いてくれた。

「あう、気持ちいい……」

彼は喘ぎ、密着する濡れた唇と、チロチロと這い回る舌の蠢きにクネクネと身悶えた。瑠奈も左右の乳首を交互に含んで舐め回してくれた。

「噛んで……」

言うと彼女も綺麗な歯並びでキュッキュッと咀嚼するように刺激してくれ、彼は甘美な痛みに陶然となった。

「ああ、左の方が感じる……。そこは右……」

言うと瑠奈が正面から左右間違えて噛んだので、言うとあらためて左の乳首を重点的に愛撫してくれた。

そして肌を下降し、脇腹や下腹も噛んでくれ、やがて大股開きにさせた真ん中に腹這い、顔を寄せてきた。

先に彼の両脚を浮かせ、尻の谷間を舐めてくれ、ヌルッと潜り込ませた。

「く……」

圭一郎は快感に呻き、キュッと肛門で美少女の舌先を締め付けた。

ついさっきは、母親である由香利もしてくれた愛撫だ。

瑠奈が熱い鼻息で陰嚢をくすぐりながら、中でクネクネと舌を蠢かせるたび、勃起したペニスが内側からも刺激されてヒクヒクと上下し、先端から粘液を滲ませた。

ようやく脚を下ろすと、彼女は鼻先にある陰嚢を舐め回し、二つの睾丸を転がしてから充分に袋を生温かな唾液にまみれさせ、さらに顔を進めて肉棒の裏側を舐め上げてきたのだった。

5

「アア……、気持ちいい……」

瑠奈の滑らかな舌に刺激され、圭一郎は身をくねらせて喘いだ。

先端まで舐め上げると彼女は指で幹を支え、粘液の滲んだ尿道口をチロチロと舐め回し、張り詰めた亀頭にしゃぶり付き、スッポリと喉の奥まで呑み込んでいった。

熱い鼻息が恥毛をくすぐり、彼女は吸い付きながら舌をからめた。

「ああ、すごくいい……」

彼は拘束された状態なのに、美少女の愛撫を受けて熱く声を洩らした。

そしてズンズンと股間を突き上げはじめると、

「ンン……」

瑠奈は熱く鼻を鳴らして顔を上下させ、濡れた口でスポスポとリズミカルな摩擦を繰り返してくれた。

股間を見れば、セーラー服の美少女が無心におしゃぶりしてくれている。

圭一郎は、何やら愛撫しているのが瑠奈なのか、若い頃の由香利なのか分からないほど快感に朦朧としていった。

「い、いきそう、入れて……」

すっかり高まった彼が言うと、瑠奈もチュパッと軽やかな音を立てて口を離すと顔を上げ、身を起こして前進してきた。

裾をめくって跨がり、濡れた割れ目を先端に押し付けながら、ゆっくりと腰を沈めて彼自身を膣口に受け入れていった。

肉襞の摩擦を受けながらヌルヌルッと滑らかに根元まで呑み込まれると、彼はまるで全身が彼女に入ったような錯覚に陥った。

「アアッ……、いい……」

ピッタリと股間を密着させると、完全に座り込んだ瑠奈が顔を仰け反らせて喘ぎ、キュッときつく締め上げてきた。

圭一郎も温もりと潤いに包まれ、収縮する柔肉の中で歓喜に幹を震わせた。

「オッパイほしい」

言うと、彼女もセーラー服をめくって張りのある膨らみを露出させ、屈み込んできてくれた。

下から潜り込むようにして、はみ出した膨らみに顔を埋め、彼は清らかな乳首にチュッと吸い付いて舌で転がした。

「あん……」

刺激に瑠奈が呻き、さらにキュッときつく締め付けてきた。

圭一郎は左右の乳首を交互に含んで舐め回し、顔中で膨らみを味わってから、乱れたセーラー服に潜り込んで、ジットリと生ぬるく湿った腋の下にも鼻を埋め込んで嗅いだ。

そこは甘ったるい汗の匂いが濃厚に籠もり、彼はうっとりと酔いしれながら執拗に鼻腔を満たした。

すると待ち切れなくなったように、瑠奈が小刻みに腰を動かしはじめた。

圭一郎も制服から這い出して彼女にピッタリと唇を重ね、ズンズンと股間を突き上げた。

「ンン……」

瑠奈が熱く呻いて圭一郎の鼻腔を息で湿らせ、彼はグミ感覚の弾力を味わいながら舌を挿し入れていった。滑らかな歯並びを舐め、奥へ侵入してネットリと舌をからめると、生温かな唾液に濡れた舌が滑らかに蠢いた。

「唾を出して」

唇を触れ合わせたまま囁くと、瑠奈も懸命に分泌させ、トロトロと口移しに注ぎ込んでくれた。

美少女の小泡の多い生温かな粘液は、この世で最も清らかな液体だ。

圭一郎はうっとりと味わい、喉を潤して酔いしれた。

そして股間の突き上げを強めていくと、

「アア……、いい気持ち……」

瑠奈が口を離して喘ぎ、彼は甘酸っぱい吐息に鼻腔を刺激されながら絶頂を迫らせていった。

彼女も収縮と潤いを増し、溢れた蜜が彼の陰嚢から肛門まで生温かく濡らしてきた。互いの動きがリズミカルに一致すると、クチュクチュと湿った摩擦音が響いてきた。

「顔中ヌルヌルにして……」

言うと瑠奈もクチュッと唾液を垂らし、それを舌で彼の鼻筋から頬、瞼まで塗り付けてくれた。

「ああ、気持ちいい……」

圭一郎は唾液で顔中ヌルヌルにパックされ、ヌメリと匂いに高まって喘ぎ、濃厚に甘酸っぱい果実臭の吐息で胸を満たした。

「嗅ぎながらいきたい……」

言って瑠奈の口に鼻を押し込むと、彼女も下の歯並びを彼の鼻の下に当て、惜しみなくかぐわしい息を吐きかけてくれた。

この位置だと美少女の鼻の穴が丸見えになり、何とも艶めかしい眺めになっているが、言うと嫌がるので黙って高まった。

そして嗅ぎながら摩擦快感に昇り詰め、

「い、いく……！」

　口走りながら、ありったけの熱いザーメンをドクンドクンと勢いよくほとばしらせると、

「い、いっちゃう、アアーッ……！」

　噴出を感じた瑠奈も声を上ずらせ、ガクガクと狂おしいオルガスムスの痙攣を開始したのだった。

　締め付けが増し、彼は快感を嚙み締めながら美少女の息で胸を満たし、心置きなく最後の一滴まで出し尽くしてしまった。

「ああ……」

　すっかり満足しながら圭一郎は声を洩らし、徐々に突き上げを弱めながらグッタリと身を投げ出していた。

「すごいわ……、震えが止まらない……」

　瑠奈も肌の強ばりを解いて言い、いつまでもヒクヒク震えながら、力を抜いて彼にもたれかかってきた。

　まだ膣内はキュッキュッと余りを絞り出すように締まり、刺激された幹が膣内でヒクヒクと過敏に跳ね上がった。そして彼は、美少女の重みと温もりを受け止め、甘酸っぱい息を嗅ぎながらうっとりと余韻に浸り込んでいった。

しばし重なったまま熱い息を混じらせ、やがて呼吸を整えると、そろそろと瑠奈が身を起こして股間を引き離した。

そしてティッシュを取り、手早く割れ目を拭いながら屈み込んで、愛液とザーメンにまみれた亀頭をしゃぶってくれたのだ。

「あうう、もういいよ、ありがとう……」

圭一郎が腰をくねらせて呻くと、瑠奈も舌で綺麗にしてから、さらにティッシュで幹を包み込んで拭いてくれた。

彼は身を投げ出し、ベッドを下りて制服の乱れを整える美少女を見つめた。

「顔中もヌルヌルだわ。おしぼり持ってこようか」

「ううん、いいよ、瑠奈ちゃんの匂いに包まれながら眠るから」

「そう……」

彼女は言い、それでもティッシュで顔中の唾液を拭いてから身を起こした。

「じゃ戻るわね」

「ああ、おやすみ……」

彼が答えると、瑠奈はもう一度だけ彼の額にチュッと唇を押し付けてから、灯りを消して静かに部屋を出て行ってしまった。

暗い部屋に、機器のランプとグラフだけが明滅し、機械の音が低く響き続けている。

おそらく二階へ行く前に瑠奈はリビングの杏樹を起こし、間もなく杏樹がこの部屋に戻ってくることだろう。

もちろん圭一郎も、もう今夜は充分なので杏樹とまでする気はなく、むしろ美少女の余韻の中で眠りに就きたかった。

と、そのときである。

(杉田君……)

頭の中にジョージの声が響いてきた。

(瑠奈は実にいい女になっていく。君のおかげだ)

(まだ、僕の肉体に移りたいですか……)

圭一郎は、答えながら隣を見てみたが、ジョージは仰向けで目を閉じたままである。

(ああ、もちろんだ。すっかり気も高まったので、そろそろ明け方までに)

ジョージが言い、また昏睡に戻ったように、あとは何の言葉も伝わってこなかった。

圭一郎も仰向けに戻って目を閉じ、

(明日、どっちの肉体で目覚めるんだろう……)

そう思ったが、どうすることも出来ず、彼は心地よい気怠さの中で睡りに落ちていったのだった……。

＊本作品は書下しです。文中に登場する団体、個人、行為などはすべてフィクションであり、実在のものとは一切関係ありません。

◉新人作品**大募集**◉

マドンナメイト編集部では、意欲あふれる新人作品を常時募集しております。採用された作品は、本人通知のうえ当文庫より出版されることになります。

【応募要項】 未発表作品に限る。四〇〇字詰原稿用紙換算で三〇〇枚以上四〇〇枚以内。必ず梗概をお書き添えのうえ、名前・住所・電話番号を明記してお送り下さい。なお、採否にかかわらず原稿は返却いたしません。また、電話でのお問い合せはご遠慮下さい。

【送付先】 〒一〇一‐八四〇五 東京都千代田区神田三崎町二‐一八‐一一 マドンナ社編集部 新人作品募集係

夜行性少女《やこうせいしょうじょ》

二〇二二年十一月十日 初版発行

著者◉睦月影郎【むつき・かげろう】

発行◉マドンナ社
発売◉二見書房
東京都千代田区神田三崎町二‐一八‐一一
電話 〇三‐三五一五‐二三一一(代表)
郵便振替 〇〇一七〇‐四‐二六三九

印刷◉株式会社堀内印刷所 製本◉株式会社村上製本所

ISBN978-4-576-22158-8 ◉ Printed in Japan ◉ ©K.Mutsuki 2022